RECHERCHES

DE LA VIANDE

ET DU POISSON

PAR

M. Alph. BERGASSE

ROUEN

IMPRIMERIE DE ALFRED PÉRON

Rue de la Vicomté, 55

1852

RECHERCHES

SUR LA CONSOMMATION

DE LA VIANDE ET DU POISSON

A ROUEN, DEPUIS 1800.

RECHERCHES

SUR LA CONSOMMATION

DE LA VIANDE

ET DU POISSON

A ROUEN, DEPUIS 1800.

Mémoire lu à l'Académie des Sciences, Belles-Lettres et Arts de Rouen,
dans le cours de l'année 1852, et imprimé par ordre
de cette Compagnie,

PAR

M. Alph. BERGASSE.

ROUEN

IMPRIMERIE DE ALFRED PÉRON
Rue de la Vicomté, 55

—

1852

RECHERCHES

SUR LA CONSOMMATION

DE LA VIANDE

ET DU POISSON,

A ROUEN, DEPUIS 1800.

MESSIEURS,

C'est dans un but exclusivement scientifique que je
m'étais d'abord promis d'étudier l'histoire de la consommation de la viande et du poisson à Rouen, pendant un
certain nombre d'années. L'importance dès questions que
le commerce de ces substances alimentaires a récemment
soulevées, et la lumière que le passé ne peut manquer de
répandre sur leur solution, m'ont déterminé depuis à l'en-
visager sous un point de vue plus pratique que théorique.
Je vais exposer les faits que j'ai recueillis. Les conséquences
qui en découleront intéresseront peut-être davantage l'administrateur que l'économiste.

Je me propose de constater quels ont été, depuis le commencement du siècle jusqu'à ce jour, dans notre ville, le
mouvement de la population et celui de la consommation

des substances que je viens d'indiquer, de rechercher si
ces mouvements ont obéi à la même loi et se sont toujours
fait équilibre, si la consommation a augmenté ou diminué,
soit d'une manière absolue, soit d'une manière relative ;
d'examiner les circonstances qui ont pu influer sur sa progression ou son ralentissement, de découvrir, enfin, les
moyens propres à lui donner une extension qui réponde
à la fois aux besoins de l'agriculture et au désir si légitime
d'améliorer la condition des classes ouvrières.

Plusieurs points de ce problème, appliqués à la France
entière, ont déjà été traités par notre savant confrère
M. Moreau de Jonnès, dans le remarquable ouvrage qu'il a
publié, en 1850, sur la statistique de l'agriculture. Chargé,
sous le dernier règne, de la direction des immenses et
consciencieux travaux qui ont préparé et produit les *Archives statistiques officielles*, c'est-à-dire le plus splendide
monument de ce genre qui jamais ait été élevé à la science,
il en a, dans son livre, rassemblé les résultats, en ce qui
touche les forces productives de notre agriculture. Il a déterminé, avec toute la précision dont un pareil sujet pouvait être susceptible, de quelle manière ces forces avaient
jusqu'ici répondu à nos besoins, et fait pressentir ce que
l'on pourrait en attendre dans l'avenir. Placer, en regard de
ces données générales, les données individuelles fournies
par la consommation d'une cité aussi importante que la
vôtre, m'a paru une œuvre à la fois intéressante et utile.
Entreprise dans tous les grands centres de population, elle
rendrait à la statistique les mêmes services que les histoires
locales à l'histoire générale. Elle éclaircirait ses difficultés.
Elle rectifierait ses formules.

SECTION PREMIÈRE.

Notions préliminaires. — *Considérations générales.*

J'aurais voulu prendre pour point de départ les temps qui ont précédé immédiatement la révolution de 1789, et n'étudier le nouvel état de choses qu'après avoir constaté les perturbations qu'avait apportées dans l'ancien notre grande crise politique et sociale. L'absence de documents satisfaisants m'a promptement forcé d'abandonner cette première partie de mon plan.

1. Fixation du chiffre des animaux livrés à la consommation.

C'est donc de l'histoire contemporaine que je vais écrire ; et cependant, qui le croirait ? j'ai éprouvé des difficultés presque insurmontables à en réunir les éléments.

Une loi du 22 pluviôse an vii, en autorisant la ville de Rouen à percevoir, sous le nom d'octroi, des droits déterminés sur les denrées destinées à la consommation de ses habitants, avait appelé son administration municipale à en constater officiellement le nombre , le poids ou la mesure ; je devais m'attendre à trouver, dans les dépôts publics, les résultats de ces recensements.

Il n'en a pas été ainsi. A peine établis, les octrois de Rouen furent mis en ferme sous le titre de régie intéressée. Ce mode de gestion se continua sous l'Empire et la Restauration. Le fermier devait remettre d'abord, tous les trois mois , puis tous les ans , des états ou bordereaux en double expédition, destinées, l'une à la mairie, l'autre à la préfecture. Les bordereaux de la mairie ont disparu. Ceux de la préfecture existent encore , mais présentent les plus regrettables lacunes , surtout pour l'époque où le sieur Branzon , bien connu à Rouen par ses malversations et le célèbre procès auquel elles donnèrent lieu, fut chargé de cette branche du service.

D'autres documents officiels, que j'ai trouvés épars dans de nombreux et informes dossiers, m'ont permis de combler la plupart de ces lacunes.

En 1812 et 1813, le gouvernement impérial, qui, dès l'année 1808, avait voulu jeter les bases d'une statistique officielle, fit faire des recensements sur tous les points du sol, pour appuyer l'exposé de la situation de l'Empire que devait présenter le ministre de l'intérieur. Personne, sans doute, n'a oublié les spirituelles critiques que, *dans ses lettres à M. de Blacas*, se permit l'un des plus ingénieux écrivains des premiers temps de la Restauration, *Fiévée*, sur la manière dont les intentions de l'administration avaient été remplies.

Ces critiques étaient méritées. Quoique bien jeune à cette époque, j'ai vu les sous-préfets et les maires de campagne à l'œuvre. Je puis attester, comme témoin oculaire, l'exactitude de ce que dit M. Moreau de Jonnès du peu de confiance que mérite l'ensemble de leur travail. Une pareille tâche ne peut être entreprise avec fruit que par un gouvernement libre, qui admet le contrôle de l'opinion et tient compte de ses préventions et de ses répugnances. Elle ne saurait l'être par un gouvernement absolu, qui a trop souvent le malheur de voir ses meilleures intentions défigurées ou travesties, et dans la bouche duquel la vérité est plus d'une fois prise pour le mensonge.

Toutefois, si des dénombrements qui, dans l'origine, devaient comprendre jusqu'aux poules, aux pigeons et aux œufs du plus pauvre village, rédigés au nom d'un maire la plupart du temps illettré et toujours fort embarrassé de répondre aux trois cent trente-quatre questions que renfermait le premier programme, sont tout à fait indignes de fixer l'attention, il ne saurait en être de même des renseignements donnés par les maires de villes aussi importantes que celle de Rouen sur leur consommation. Empruntés aux registres authentiques de l'octroi, ces renseignements peuvent, à bon droit, passer pour authentiques.

J'ai puisé à cette source. Des états, fournis par la mairie, embrassant la période de 1807 à 1814, et existant aux archives de la commune, dans un ancien dossier intitulé *Statistique*, m'ont été surtout fort utiles. D'autres états, en plus grand nombre, déposés aux archives de la préfecture, m'ont servi à contrôler mon travail. J'ai dû à l'obligeance de l'habile et intelligent directeur que la ville de Rouen a l'avantage d'avoir à la tête de son octroi, M. Génot, la communication de bordereaux officiels de recettes et de dépenses échappés à la destruction, commençant à 1813 et s'arrêtant à 1825, et de deux tableaux fort détaillés des diverses consommations, depuis cette dernière époque jusqu'à 1851. Enfin, un citoyen qui a longtemps pris part aux affaires de la cité et à celles du département, et qui, dans leur maniement, a laissé, de son savoir et de son amour du bien public, de ces preuves qui ne s'oublient jamais, l'honorable M. Lelong a bien voulu mettre à ma disposition un état du nombre des bestiaux et des quantités de boissons introduites à Rouen depuis 1813 jusqu'en 1843, rédigé avec cette exactitude et cette précision qui caractérisent tout ce qui sort de sa plume.

Malgré tant de ressources, je me suis vu obligé de suspendre pendant quelque temps mon travail.

Tout le monde sait que la dénomination d'animaux vivants, employée dans les registres de l'octroi, comprend les bœufs, les vaches, les veaux, les moutons, les agneaux et les porcs, auxquels il faut ajouter, dans quelques localités, les cochons de lait, les chèvres et les chevreaux.

Une longue expérience a prouvé que, lorsqu'il s'agit de déterminer le poids des animaux d'un ordre inférieur, la considération du sexe est tout à fait insignifiante.

Ce n'est pas que, dans chaque espèce, la nature n'ait marqué la différence du sexe par une différence dans les forces et le volume, mais, à un âge aussi tendre que celui des veaux et des agneaux, cette différence est à peine sensible ; quant aux moutons et aux porcs, les habitudes traditionnelles de la boucherie, dans le choix des sujets qu'elle abat, permettent de n'en tenir aucun compte.

Il n'en est pas de même, à beaucoup près, pour les adultes de l'espèce bovine. Dans un grand nombre de villes, la différence du sexe entraîne une différence d'un tiers dans le poids ; si à Rouen elle est moins forte, elle suffit, cependant, quand on la néglige, pour donner lieu aux plus monstrueuses erreurs.

Depuis l'an VIII jusqu'en 1821, les bœufs et les vaches, soumis à des droits différents, avaient occupé des colonnes distinctes dans les registres de l'octroi ; mais, à partir de 1821 jusqu'en 1832, ils furent frappés du même droit, et, par conséquent, confondus dans un même chiffre. (1) Je m'étais arrêté devant cet obstacle, lorsqu'un heureux hasard fit tomber sous ma main un document existant aux archives de la préfecture : ce document m'a fourni des nombres distincts pour les années postérieures à 1824 ; je n'ai plus été privé de ces nombres que pour les quatre premières années de la période. Je crois y avoir suppléé de manière à satisfaire les plus difficiles.

Jusqu'en 1806, tous les chiffres m'avaient été donnés suivant le calendrier républicain ; je les ai disposés suivant le calendrier grégorien, en m'aidant des tableaux de concordance publiés par le gouvernement.

Après les détails dans lesquels je viens d'entrer, j'ai le

---

(1) Ce fut la nécessité de combler un déficit qu'avait occasionné, dans les finances de la ville, une réduction forcée dans les droits sur les boissons, qui détermina l'établissement de la taxe unique.

droit, ce me semble, de présenter les chiffres dont je vais faire usage, comme authentiques.

Les recueillir et les grouper était peut-être la partie la plus aride de ma tâche, mais n'en était assurément pas la plus embarrassante.

Tant que la statistique ne s'est préoccupée que du nombre des animaux abattus, sans chercher à déterminer leur poids, elle n'a fait que marcher d'erreur en erreur toutes les fois qu'elle a voulu évaluer la consommation de la viande à des époques diverses, et établir des comparaisons, sous ce rapport, entre les divers peuples ou les fractions d'un même peuple. Non seulement la différence de race, de région, de climat, amène d'énormes disproportions dans le poids des animaux ; mais, entre des localités très rapprochées, on trouve quelquefois des différences considérables. En 1833, le département de la Loire abattait des bœufs d'un poids brut de 7 à 800 kil.; celui d'Ille-et-Villaine n'en livrait à la boucherie que du poids de 306, et la Corse, que du poids de 142 ; à Montpellier les bœufs pesaient 414 kil.; à quelques lieues de là, à Nîmes, 588. Le mouton de Corse ne donnait que 9 kil. de viande, celui d'Ille-et-Villaine que 13. En revanche ; celui du Gard en donnait 25, et celui du Nord 28.

Introduit pour la première fois, à Lyon, en 1842, l'usage de peser les animaux vivants ne s'est établi à Rouen qu'en 1847, en vertu de la loi du 10 mai 1846. Jusque là, les registres de l'octroi n'indiquaient le poids en kilogrammes que pour la viande provenant du dehors, toute dépecée, et désignée par le nom vulgaire de *viande à la main*. Les animaux vivants payaient un droit par tête.

La loi du 10 mai 1846 a eu pour but de développer la consommation, et par conséquent la production,

2. Détermination des moyennes.

3. Loi du 10 mai 1846.

en répartissant également la charge de l'octroi sur tous les individus abattus, et en faisant disparaître la choquante inégalité que tous les tarifs avaient établie dans le droit supporté par la viande, suivant qu'elle était fournie par les bouchers de l'intérieur, ou par les bouchers du dehors, *les bouchers forains*. Grâce à cette différence, *les bouchers urbains* s'étaient créé un véritable privilége, à l'abri duquel ils avaient pu élever les prix dans une proportion lucrative pour eux, mais désastreuse pour les consommateurs. A compter du 1er janvier 1849, dans toutes les villes *où la taxe excédait 8 fr. par tête de bœuf*, le droit ne dut plus être perçu par tête, mais au poids ; d'où la nécessité de procéder à des expériences comparatives, pour obtenir des moyennes sur lesquelles pût s'opérer la conversion du droit qui, dans l'intention du législateur, ne devait subir aucune augmentation.

Le droit une fois converti, deux modes se présentaient pour l'appliquer.

Le premier, le plus simple en apparence, et cependant le plus difficile dans l'exécution, était d'attendre que l'animal eût été égorgé et dépecé par le boucher, pour peser la viande produite par cette double opération.

Le second consistait à déterminer d'avance, et à priori, la proportion de viande dépecée, de *viande nette* que l'abattage de chaque espèce d'animal devait produire ; à peser l'animal vivant, et à répartir sur son poids *brut* le montant du droit dont la viande *nette* devait être frappée.

Ce mode, plus expéditif que l'autre, a été choisi dans toutes les grandes villes de France, Paris excepté. Le premier a prévalu dans la capitale.

4. Règles sur le rendement des animaux vivants.

Le rendement en viande ne varie pas seulement suivant les espèces, mais suivant les races, la nature et le degré de l'engraissement

Un bœuf Charolois, au dire des bouchers de Paris (1),
fournit moitié moins de suif qu'un bœuf Cotentin, mais
donne en revanche une quantité de viande bien plus considérable. Sous le même volume, la chair d'un bœuf
nourri avec des farineux est bien plus dense et plus lourde
que celle d'un bœuf qui n'a eu que de l'herbe pour nourriture.

A Rouen, l'administrateur de l'octroi a adopté, pour
l'estimation du rendement, des règles qui, eu égard à la
qualité des animaux qui y sont abattus, m'ont semblé en
général fort équitables, et que j'ai suivies.

Il fixe le poids net des bœufs et des vaches, en ajoutant
à la moitié du poids brut un dixième de cette même moitié.
Ainsi, un bœuf qui pèse, vivant, 700 kil., doit fournir
abattu 385 kil. de viande.

Il obtient celui des veaux, des moutons et des porcs,
en déduisant 40 p. 100 du poids brut des premiers,
50 p. 100 du poids des seconds, 16 à 18 p. 100 du poids
des derniers.

Le rendement assigné aux moutons paraîtra bien faible
et trop favorable aux bouchers. Mais il faut observer qu'on

---

(1) J'ai nommé les bouchers de Paris. Qu'il me soit permis de
consigner ici l'impression que j'ai rapportée des relations passa-
gères et fortuites que j'ai eues avec eux! Je n'en connaissais et je
n'en connais encore aucun en particulier. Mon nom leur était et
leur sera probablement toujours inconnu. J'ai trouvé chez tous le
plus grand empressement à me fournir des renseignements. Ce
que j'ai pu juger de leur éducation et de leurs habitudes, m'a paru
justifier tout à fait l'honorable position qu'ils occupent parmi les
commerçants de Paris. J'ai visité les marchés de Sceaux et de
Poissy. J'y ai été témoin de beaucoup de ventes. Elles m'ont paru
se faire avec loyauté et promptitude, et sans cette prodigieuse dépense de ruses et de trompeuses paroles qui, partout ailleurs,
accompagne la moindre négociation.

tue, à Rouen, beaucoup de métis provenant du croisement de la race mérine avec la race cauchoise, croisement qui a laissé subsister la forte charpente osseuse et
l'abondante quantité de suif que la nature avait données à
cette dernière. Appliqué aux métis du Wittemberg, dont
j'aurai plus tard occasion de parler, il serait inexact.

Les bouchers ne paient jamais que la viande nette dans
les animaux qu'ils achètent. Toutes les autres parties de
l'animal, telles que le cuir, le suif, les petites issues ou
abats, forment ce qu'on appelle le cinquième quartier qui
constitue leurs bénéfices, et qu'ils ne paient pas. L'opération à laquelle ils se livrent pour fixer le prix auquel leur
revient la viande, est dès-lors des plus simples. S'agit-il
d'un bœuf qui leur a coûté 90 c. le kil., et la valeur vé-
nale des issues leur permet-elle d'estimer le cinquième
quartier à 25 c. le kil., ils déduisent ces 25 c. de 90, et
disent que la viande leur revient à 65 c. (1)

C'est à l'œil, en s'aidant du toucher, qu'ils apprécient
ainsi le poids des animaux. Une longue habitude peut seule
leur en donner le moyen. Il en est, dit-on, qui ne se
trompent jamais de plus de 5 kil. sur le poids d'un bœuf.

Chez les adultes de l'espèce bovine, toutes les parties de
l'animal n'offrent pas de la viande de même qualité. Les
parties antérieures, qui contiennent l'appareil respiratoire
ou jouent le principal rôle dans les fonctions dynamiques,
étant moins charnues et plus musculaires que les autres,
fournissent ce qu'on appelle *la basse viande*, les parties postérieures, les morceaux de choix. La nature, dans un but
facile à saisir, a donné plus de développement à ces dernières parties chez les femelles des grands mammifères

---

(1) Toutes ces règles sont suivies en Angleterre.

que chez les mâles ; de là la préférence accordée, à qualité égale, par certains bouchers, aux vaches sur les bœufs.

Dans quelques quartiers populeux de Paris, on ne fait figurer *la basse viande* que pour le quart du poids total. Généralement elle est évaluée au tiers. Ajoutons, cependant, que cette proportion est souvent fort réduite, par l'habileté avec laquelle les bouchers savent répartir, entre leurs pratiques, des morceaux d'une difficile défaite, auxquels ils donnent, sans doute par antiphrase, le nom de *réjouissance !* Dans les autres animaux, on ne reconnaît, en général, à Rouen, qu'une seule espèce de viande.

Je regrette de descendre à des détails aussi familiers, mais ils sont nécessaires pour l'intelligence de ce que j'aurai bientôt à dire. Ces détails, il n'est plus permis qu'à l'ignorance ou à la mauvaise foi de les contester, depuis la solennelle consécration qu'ils ont reçue au sein de nos assemblées politiques et des congrès de l'agriculture.

Avant d'aller plus loin, je dois avertir que, toutes les fois que je parlerai *du poids* d'un animal, sans autre désignation, c'est du poids *net* qu'il s'agira.

J'arrive à la question la plus ardue et la plus difficile de mon sujet, à la détermination des moyennes en poids à attribuer aux animaux pour chacune des quarante-sept premières années du demi-siècle que j'étudie, car, pour les autres, l'exécution de la loi du 10 mai 1846 nous fournit, avec une rigueur mathématique, tous les éléments dont nous avons besoin. 5. Distinction des périodes.

Ces quarante-sept années, je les divise en deux périodes : les années antérieures à 1814 et les années postérieures. Quiconque est au courant des progrès de notre agriculture, fera de lui-même cette division.

Je réserve les années postérieures à 1846, pour en former une troisième période.

Par un motif que bientôt je ferai connaître, je sépare, *pour un moment*, dans la première période, les années qui ont précédé 1808, de celles qui l'ont suivi. Je m'occupe, d'abord, des premières, et je commence par l'année 1800.

Pour mieux comprendre ce qui a dû se passer à cette époque à Rouen, exposons ce qui s'y passe aujourd'hui.

6. Origine des animaux abattus à Rouen.

On distingue, dans notre ville, comme à Paris, à Lyon, à Bordeaux, les bœufs d'hiver ou bœufs engraissés à l'étable, des bœufs d'été ou bœufs d'herbe. Les premiers fournissent à la consommation, depuis le 20 janvier jusqu'au 20 juin ; les seconds l'entretiennent pendant les sept autres mois.

Voici, sur leur origine, les renseignements fournis à la commission d'enquête de l'Assemblée législative, par M. Osmont, directeur des Abattoirs de Rouen.

« Neuf dix-huitièmes proviennent du Calvados et de la « Manche, trois dix-huitièmes, appartenant à la race de « Cholet, sont fournis par le département de Maine-et- « Loire, trois dix-huitièmes sont achetés dans la Seine- « Inférieure, l'Orne et la Sarthe. Deux dix-huitièmes appartiennent à la race des bœufs manceaux. Le département de l'Eure fournit le dernier dix-huitième. »

Quant aux vaches, sur l'origine desquelles M. Osmont ne s'explique pas, elles proviennent presque toutes du département de la Seine-Inférieure et de l'Eure. (1)

Ces deux départements produisent également les veaux, les moutons et les porcs que consomme notre cité.

---

(1) Mon ancien collègue au conseil municipal, M. Lavandier, l'a démontré par de savantes recherches, dans un travail destiné au conseil.

Mes investigations m'ont convaincu que, pour ces derniers animaux, il en a été de même pendant les cinquante premières années du siècle.

Pour les bœufs et les vaches, les choses se passaient tout autrement en 1800.

Les vaches formaient les cinq sixièmes des adultes de l'espèce bovine livrés à la boucherie. Aujourd'hui elles en forment à peine le sixième. C'est déjà un premier indice de l'extrême infériorité de l'alimentation.

Pendant cinq mois, la consommation du bœuf était nulle. Pour les trois premières années du siècle j'ai fait un relevé, mois par mois, qui m'a appris qu'en l'an VIII l'on n'avait abattu, dans cet intervalle, que vingt-cinq bœufs, en l'an IX, que soixante-six.

La Seine-Inférieure n'engraissait aucun bœuf. Les vaches du pays de Bray étaient dirigées sur la capitale.

Les bœufs et les vaches étaient exclusivement fournis par le Calvados, la Manche, l'Orne et l'Eure. J'ai droit de le conclure, du moins pour les premières années, du fait établi par les registres de l'octroi, que ces animaux entraient tous à Rouen par les barrières qui correspondent aux routes de ces départements.

Un peu plus tard, le Maine, l'Anjou et le Poitou, vinrent fournir leur contingent de bœufs de grain.

Pour savoir quels devaient être le poids et la qualité de ces animaux, ne suffit-il pas de se reporter aux douloureux et cruels événements qui avaient désolé ces contrées, depuis 1793 jusqu'à 1800, et de rappeler l'effroyable perturbation qu'ils n'avaient pu manquer d'apporter à toutes les habitudes agricoles.

Ce n'est que lentement, péniblement, avec le long cours des années, que cet état de choses s'améliora. Des

2

marais qui déshonoraient les portions les plus fertiles du territoire furent desséchés. Des bœufs d'une taille de plus en plus forte vinrent remplacer les vaches d'un poids très inférieur, qui couvraient les cinq sixièmes des herbages.

La capitale qui, à cette époque, puisait presque tous ses approvisionnements aux mêmes sources que Rouen, profita la première de l'amélioration. Rouen n'eut que ce que Paris voulut bien lui laisser. Ainsi s'explique l'infériorité de son alimentation jusqu'en 1814.

Ce que je viens de dire ressortira avec évidence des trois premières colonnes d'un état annexé au rapport de M. Lanjuinais, sous le n° 2, p. LXXX, pour quiconque en saura interroger les chiffres. 81,972 têtes de gros bétail avaient été nécessaires, en 1801, pour l'approvisionnement de Paris. 81,174 lui suffirent en 1814. Cependant, Paris n'avait-il pas grandi en forces, en opulence ? Ses murs ne renfermaient-ils pas cent cinquante mille habitants de plus qu'en 1801 ? Comment expliquer cette apparente anomalie, si ce n'est par l'imperfection de l'élève du bétail en 1801, et la graduelle amélioration qu'elle avait subie depuis. En 1812, le Calvados envoyait, sur les marchés d'approvisionnement de la capitale, 29,835 bœufs. En 1816, il n'en envoyait plus que 19,609 Avait-il diminué sa production ?... Non, sans doute. Les 9,428 bœufs formant la différence, avaient été dirigés sur Rouen, le Havre, Evreux, et en avaient relevé l'alimentation.

Les faits que j'ai exposés ne sauraient être méconnus. Comment les traduire en chiffre ?

Je possédais des moyennes constatant l'infériorité pour les années écoulées de 1807 à 1814 ; je n'en possédais aucune pour les années antérieures.

Pouvais-je, devais-je les appliquer à ces années ? Voilà une question qui m'avait longtemps embarrassé.

Je savais que les hospices de Rouen avaient joui de tout temps du double privilége d'abattre les animaux nécessaires à leur consommation, et de vendre de la viande aux habitants de la ville, exclusivement à tous autres, pendant le carême, et qu'ils avaient usé du premier de ces droits jusqu'en 1818.

Je priai M. Masse, secrétaire de la commission administrative, de me procurer le relevé, année par année, de tous les animaux abattus et de leur rendement. En demandant ce relevé, j'étais loin d'avoir la pensée d'y puiser les moyennes qui me manquaient. Je savais bien que les hospices opéraient sur un trop petit nombre d'animaux, et dans des conditions trop spéciales, pour qu'on pût tirer de leurs opérations des conclusions applicables à la consommation de la généralité des habitants. Je voulais simplement vérifier si, entre le rendement des années antérieures à 1807 et celui des années postérieures, il y avait eu quelque différence, ou bien si ces années s'étaient assez ressemblé pour que je pusse appliquer aux unes les moyennes officielles des autres.

M. Masse m'a donné plus que je ne lui avais demandé. Il m'a remis un tableau qui présente, pour chaque année, depuis 1800, le nombre des bœufs, vaches, veaux, moutons et porcs abattus, leur prix d'achat, le montant des droits perçus, la quantité de viande nette obtenue, la quantité de petites issues, de cuirs, de peaux de mouton, de suif, de sang, produite par l'abattage, le prix de revient de la viande nette et le prix auquel les autres objets ont été vendus par adjudication publique. Malheureusement, ce tableau offre une lacune pour les années 1802, 1803 et 1804. Je prie M. Masse de recevoir ici l'expression de ma gratitude. Elle est d'autant plus vive, que je sais combien il a fallu dépouiller de dossiers et de pièces comptables pour arriver à un semblable résultat.

Voici la série des rendements annuels que j'ai établis à l'aide de cet état, jusqu'en 1813.

Année 1800.	Année 1801.	Année 1802.
Bœufs... 266 k.	Bœufs... 271 k.	Point de documents.
Vaches.. 212	Vaches.. 226	
Veaux... 50	Veaux... 62	
Moutons. 21	Moutons. 20	
Porcs.... 71 [1]	Porcs... 105	

Année 1803.	Année 1804.	Année 1805.
Point de documents.	Documents insuffisants.	Bœufs.. 313
		Vaches. 229
		Veaux. 77
		Moutons 33
		Porcs.. 144

Année 1806.	Année 1807.
Bœufs.... 304	Bœufs.... 301
Vaches.... 226	Vaches.... 211
Veaux..... 65	Veaux.... 63
Moutons... 22	Moutons... 22
Porcs..... 99	Porcs..... 74

En supposant que les années 1802, 1803 et 1804 aient ressemblé aux autres, on obtient le rendement moyen suivant, pour les huit années :

Bœufs..........	285
Vaches.........	220
Veaux	63
Moutons.......	21
Porcs.........	98

---

(1) Les porcs étaient élevés dans l'établissement. De là les différences que présente leur poids d'une année à l'autre.

Année 1808.	Année 1809.	Année 1810.
Bœufs 301	Bœufs. .. 277	Bœufs.... 261
Vaches 222	Vaches ... 225	Vaches... 212
Veaux..... 62	Veaux.... 60	Veaux.... 54
Moutons... 20	Moutons.. 24	Moutons .. 23
Porcs. 139	Porcs 97	Porcs..... 84

Année 1811.	Année 1812.	Année 1813.
Bœufs..... 274	Bœufs 277	Bœufs.... 279
Vaches.... 225	Vaches.... 225	Vaches ... 259
Veaux 63	Veaux 61	Veaux.... 63
Moutons... 21	Moutons... 21	Moutons.. 22
Porcs..... 113	Porcs..... 58	Porcs 90

Rendement moyen pour les six années :

Bœufs..........	278
Vaches.........	228
Veaux	60
Moutons........	21
Porcs..........	94

Certes , il y avait trop peu de différence entre les rendements de la première série d'années , et les rendements de la seconde , pour que j'hésitasse plus longtemps à appliquer à la première les moyennes que l'administration avait adressées au gouvernement pour la dernière.

Les voici :

Moyennes des années 1808 , 1809 , 1810 , 1811 , 1812 et 1813.

9. Moyennes de l'administration.

Poids des Bœufs.........	265 kil.
des Vaches	220
des Veaux........	60
des Moutons	25
des Porcs........	125

Ces chiffres , pour les bœufs et les vaches , paraîtront singulièrement faibles , quand on les comparera à ceux que présente , en ce moment , la consommation , et qui sont de 366 kil. pour les premiers, et de 290 pour les vaches. J'ai épuisé tous les moyens de contrôle et d'enquête ; je n'ai rien recueilli qui autorisât à en suspecter l'exactitude.

Aux raisons générales que j'ai déjà données , ajoutons-en quelques-unes de plus particulières.

D'abord , le grand nombre de bouchers. Le registre des mercuriales de l'Hôtel-de-Ville m'a appris qu'en 1808 et 1811, il y avait à Rouen cent quarante bouchers et cent quarante-trois boulangers. Le nombre des bouchers est aujourd'hui réduit de moitié. Sur ces cent quarante bouchers , quelques-uns seulement , plus anciens et plus riches que les autres , abattaient habituellement des bœufs pour les ménages opulents qui formaient leur clientelle. Les autres n'en tuaient que rarement , toujours d'une qualité inférieure , et débitaient de la vache pour les artisans et les ouvriers , bien moins difficiles qu'aujourd'hui dans le choix des aliments.

Puis les circonstances extérieures. De 1800 à 1814 , le numéraire fut rare dans les campagnes. La lèpre de l'usure, qui , pendant la révolution, avait fait tant de victimes, y dévorait encore bien des cultivateurs. Rouen n'avait point de commerce maritime L'année 1812 fut affligée par une affreuse disette C'est dans l'hiver de 1812 à 1813 que la population pauvre de Marseille fut réduite à se nourrir de son trempé dans du sang. Des mesures surannées, contraires aux règles de l'économie politique, adoptées par le gouvernement, ne firent qu'aggraver le mal en entravant la circulation des grains. L'année 1813, si fatale au dehors pour la France , fut marquée au dedans pour l'agriculture par plus d'une souffrance. Jamais le joug de la conscription, qui déjà lui avait enlevé tant de bras, ne s'appesantit plus durement sur elle. Les départements qui approvisionnent Paris et Rouen, étaient remplis de réfractaires, sillonnés par des colonnes mobiles. Des réquisitions multipliées, qui n'étaient que trop justifiées par les dangers de la patrie, enlevaient aux cultivateurs une partie de leurs instruments. Est-il surprenant qu'en de pareilles circonstances l'infériorité de l'alimentation se soit maintenue !

Le chiffre de 60 kil., assigné aux veaux, dès le commencement du siècle, étonnera quelques personnes : je le crois exact. Le poids du veau dépend du temps plus ou moins long pendant lequel on le garde à l'étable. C'est ce qui explique pourquoi, dans certains départements, tels que le Calvados, le Cantal et le Doubs, où l'espèce bovine est plus grande que dans la Seine-Inférieure, on tue néanmoins des veaux beaucoup plus petits. Dans les habitudes de la boucherie de Rouen, le poids du veau est traditionnel. Il a plutôt diminué qu'augmenté depuis 1832, par suite de l'accroissement qu'a pris la consommation du lait, et surtout par l'effet d'une fausse mesure du conseil municipal, sur laquelle je reviendrai plus tard. J'ai pris trop de renseignements auprès des producteurs et des consommateurs, et mon enquête date de trop loin (elle remonte à 1822, époque de mon premier séjour dans cette ville) pour que, sur ces points, le moindre doute me soit possible.

Le chiffre de 25 kil., pour les moutons, est conforme à ce que m'a appris la tradition.

Celui de 125 kil., attribué aux porcs, quoique supérieur au chiffre actuel, n'est pas seulement *vrai*, il est *vraisemblable*.

« Le porc, dit M. Moreau de Jonnès (1), est l'animal de
« la petite propriété. Il faut avoir de grandes terres pour
« élever du bétail, et de plus grandes encore pour possé-
« der des troupeaux, tandis que le champ de pommes de
« terre, qui fournit à la subsistance d'une famille villa-
« geoise, pourvoit aussi à la nourriture des porcs, qui
« vivent presque en société sous le même toit. L'humble
« destinée de ces animaux se prolonge par-delà leur vie :
« dans les campagnes, leur chair est l'aliment unique des
« paysans, et, dans les villes, celui des prolétaires qui,
« n'ayant point de foyers, sont réduits à vivre de charcu-
« terie. Il en était déjà ainsi à Rome et dans la Grèce, il y
« a deux à trois mille ans. »

Réduits à la viande de vache, qui était souvent de médiocre qualité, les ouvriers de Rouen devaient fréquem-
ment recourir à la chair du porc, et comme il y a toujours
de l'avantage à abattre des animaux d'une grande taille,
quand le débit en est assuré, les bouchers et les charcutiers durent rechercher, de préférence, les porcs d'un
poids élevé.

Ajoutons que, depuis trente ans, la substitution des
races anglaises, ou plutôt indo-chinoises, qu'on dit mieux
disposées à l'engraissement que toutes les autres, à la
race cauchoise, a fait baisser d'une manière très sensible,
dans nos campagnes, la taille de ces animaux.

Disons enfin que le porc consommé à Rouen est d'une
qualité inférieure à celle des porcs du Midi et de l'Est de
la France, probablement à cause de la nourriture qu'on
lui donne, dans laquelle il n'entre que peu de farine et jamais de gland.

---

(1) *Statistique agricole*, p. 450.

Je croyais en avoir fini avec le sujet si important des moyennes antérieures à 1814. Une publication récente m'oblige de continuer.

Le commerce de la boucherie rendu libre à Paris comme dans le reste de la France, en 1791, n'a cessé de l'être que le 30 septembre 1802, en vertu d'un arrêté consulaire. Dans le lumineux rapport fait au nom de la commission de l'assemblée législative chargée de l'enquête sur la production et la consommation de la viande, par M. Lanjuinais, on lit p. 12, que Paris a consommé plus de viande en 1799, et dans les trois premières années du siècle, que dans les quatre années suivantes. Ce fait, s'il était exact, contrarierait singulièrement tout ce que je viens de dire. Mais sur quel document est-il appuyé? Sur un état de la consommation depuis 1799 jusqu'en 1846, dans lequel le poids de tous les animaux abattus est calculé d'après les moyennes adoptées en 1846, pour la conversion du droit par tête en droit au poids, et qui sont de 350 kil. pour les bœufs, et de 230 pour les vaches. C'est l'état que j'ai cité tout à l'heure. Comment celui qui l'a rédigé ne s'est-il pas aperçu de l'énorme faute qu'il commettait, en appliquant à toutes les années antérieures des moyennes qui n'étaient bonnes que pour 1846, époque marquée, pour notre agriculture, par tant de progrès. Deux pages plus loin, M. Lanjuinais ne dit-il pas que les bœufs ne pesaient, en 1825, que 334 kil., en 1828, que 320, en 1829, que 310, en 1830, que 312? Hé bien! pour toutes ces années, les calculs de l'état sont faits d'après les moyennes de 1846.

Une vérification bien facile aurait fait reconnaître sur-le-champ, à M. Lanjuinais, dans quelle étrange erreur, de pareils calculs allaient le précipiter. La population de

10. Discussion d'un passage du rapport de M. Lanjuinais sur la production et la consommation de la viande.

Paris était, en 1801, de 546,856 habitants (1). En divisant par ce nombre celui de 50,320,056 kil. assigné à l'année 1801, on trouve pour chaque habitant 92 kil. de viande, proportion fabuleuse qui dépasse de beaucoup celle fournie par les économistes, pour les habitants de la Grande-Bretagne ; en divisant par 1,053,897, chiffre officiel (2) de la population parisienne en 1846, le nombre de 68 075,670 kil. attribué à cette année, on n'obtient plus par habitant que 64 kil., décroissance énorme et contraire à toutes les vraisemblances.

Que si, dédaignant les calculs erronés du rédacteur de cet état, on ne fixe son attention que sur les chiffres authentiques qu'il renferme, on y trouve, sur-le-champ, la preuve la plus irréfragable de tout ce que j'ai avancé sur la marche rétrograde qu'avait suivie l'élève du bétail à la fin du dernier siècle, et sur la lenteur de ses progrès, au commencement de celui-ci. On abattait à Paris, en 1800, 13,333 vaches et 67,280 bœufs. En 1804, nous ne trouvons plus que 6,051 vaches pour 67,634 bœufs, en 1809 que 5,025 vaches pour 69,995 bœufs.

Il est regrettable qu'avant d'asseoir son opinion sur ce point historique, la commission ne se soit pas transportée sur les lieux de production ; elle y aurait appris tous les faits que j'ai exposés.

11. Seconde période, 1814-1846. Progrès de l'agriculture.

Je passe bien vite à la seconde période.

Elle marque une grande époque dans les annales de l'agriculture française, celle de sa rénovation et de ses progrès, les plus grands et les plus féconds.

Sans doute, les temps du Consulat et de l'Empire se re-

---

(1) *Archives statistiques.* Population.
(2) Même recueil.

commanderont toujours au souvenir de l'historien par
les travaux des Daubenton, des Pictet, des Châteauvieux,
des Tessier, etc., et des nombreux successeurs de cette
pléiade d'hommes illustres qui, vers le déclin du dernier
siècle, portèrent dans toutes les parties de la nature le
flambeau de la science. Cependant, il faut bien le reconnaître, quel que ait été leur mérite, leurs conseils, dépour-
vus en général de la sanction de l'expérience, pénétrèrent
peu dans les masses; l'agriculture fut florissante sans
doute, et la meilleure preuve, c'est que ses produits éga-
lèrent les besoins et satisfirent aux exigences d'une population toujours croissante. Mais, pour les élever à ce niveau, elle ne fit, en général, que marcher dans les voies
anciennement battues. Les contrées où ses progrès furent
le plus sensibles sont celles où les héritages sont le plus
morcelés. Les prairies artificielles s'y étendirent. Le bétail s'y multiplia. Ce qui assura sa prospérité, n'hésitons pas
à le dire, puisque l'occasion s'en présente, ce fut le prix
élevé et toujours rémunérateur auquel ses produits se
maintinrent. Ajoutons que le joug de l'impôt était plus léger
qu'aujourd'hui.

Une cause toute contraire, l'avilissement du prix des
céréales, ralentit, au commencement de la seconde période,
la vigoureuse impulsion que ne pouvaient manquer de lui
donner le rétablissement de la paix générale, l'augmentation de la consommation. l'essor de toutes les industries,
l'activité et la liberté d'allures et de mouvement, commu-
niquées à tous les esprits par les institutions représenta-
tives et libérales que nous donna la Restauration. L'agriculture est par instinct stationnaire. De nos jours, sur les
bords du Nil, dans cette contrée où, après les prêtres et
les soldats, les laboureurs occupaient la plus noble place
dans l'échelle sociale, les Fellahs emploient, pour la
préparation du terrain, l'ensemencement du grain et sa

récolte, les procédés que décrivit Hérodote. Hérodote, à son tour, n'avait fait que reproduire ceux que les hypogées de Thèbes nous montrent en usage, quinze siècles avant lui (1). Il n'a pas fallu moins que le concours des circonstances que je viens d'indiquer, pour décider les cultivateurs français à se frayer des voies nouvelles, à changer leurs procédés, à transporter d'un département dans un autre, telle ou telle culture, telle ou telle race d'animaux. Encore ce concours fût-il resté impuissant, si les lois des 16 juillet 1819 et 14 juillet 1821, perfectionnées plus tard par celle du 15 avril 1832, n'eussent élevé la barrière à l'abri de laquelle ont été réalisées toutes les innovations, ont été obtenues toutes les améliorations dont nous voyons, autour de nous, les merveilleux résultats.

Il ne saurait entrer dans ma pensée de les décrire ; je renverrai ceux qui désireraient en mesurer l'étendue, à l'excellent ouvrage de M. Moreau de Jonnès. Je les résumerai en disant que, depuis 1822 jusqu'à 1848, où l'énorme dépréciation de tous ses produits a amené pour elle une crise sans exemple, depuis le commencement du siècle, l'Agriculture française a, comme la Renommée, sans cesse acquis des forces en marchant. J'ajouterai, pour revenir au sujet spécial qui m'occupe, qu'elle a non-seulement multiplié les animaux nécessaires à la nourriture de l'homme, dans une proportion inconnue au passé, mais qu'elle a amélioré leurs races, perfectionné les procédés de leur engraissement, introduit ces procédés dans des contrées où ils n'avaient jamais été pratiqués, et mis à la portée des villes de second et de troisième ordre et des campagnes, une alimentation dont les grands centres de population avaient eu seuls, jusque-là, le monopole et le privilége.

---

(1) Consulter sur ce point les considérations sur les céréales de Loiseleur-Deslongchamps, et les lettres de Champollion sur l'Égypte.

C'est bien plus par les moyennes de ces villes que par celles des villes de premier ordre, telles que Paris, Lyon, Marseille ou Rouen, qu'on peut juger de ses progrès. Ces opulentes cités ont depuis longtemps adopté, pour les animaux qu'elles abattent, des types élevés qui subissent peu de variations et dont elles ne se départent pas. Les contrées qui les avoisinent n'en renferment-elles point, il en vient de lieux beaucoup plus éloignés s'offrir d'eux-mêmes, pour ainsi dire, à la consommation. L'attraction produite par un prix rémunérateur élevé, s'exerce dans un rayon de cinquante, de cent lieues autour d'elles.

Ainsi doit s'expliquer l'uniformité que nous allons rencontrer dans les moyennes fournies par l'administration municipale de Rouen, pendant la seconde période.

Voici d'abord celles des années 1814 et 1816 :

Bœuf 325 kil., *vaches* 275, *veaux* 60. Le document se tait sur les moutons et les porcs.

La subite élévation du poids des bœufs et des vaches surprendra beaucoup de personnes. Elle est constante : herbagers, consommateurs, tanneurs, j'ai tout consulté ; je me crois en mesure d'affirmer, sans crainte de démenti, que, depuis la paix, la moyenne des bœufs abattus à Rouen n'a jamais été inférieure à 325 kil. Diverses circonstances peuvent expliquer cette brusque transition d'un régime alimentaire inférieur à celui de la capitale, à un régime au moins égal ; je vais me contenter d'en indiquer quelques-unes.

Renaissance du commerce maritime. Ce n'est pas une médiocre influence qu'exerce, sur la consommation de Rouen, la visite de milliers de bâtiments comptant tous cinq à six hommes d'équipage, et venant lui demander pour quinze jours ou trois semaines des approvisionnements de viande de première qualité.

12. Moyennes de l'administration. Uniformité de ces moyennes.

Essor et prospérité de toutes les industries.

Diminution dans le nombre des bouchers, qui permit à ceux qui survécurent de consacrer un plus fort capital à l'achat des animaux. Il existe d'énormes dossiers à l'Hôtel-de-Ville, sur la boucherie. J'y ai vainement cherché des lumières sur la marche qu'a suivie cette diminution. C'est, je crois, dans les premiers temps de la Restauration qu'elle a eu lieu.

En 1836, demande de renseignements adressée par le gouvernement à la mairie, pour préparer les matériaux des Archives statistiques.

Voici les chiffres fournis :

Bœufs	330
Vaches.	263
Veaux	55
Moutons	24
Porcs	95

Nouvelle demande en 1839. Même réponse.

En 1845, nouvel envoi des mêmes chiffres par la mairie, avec cette seule différence que le rendement des vaches est abaissé à 250 kil.

Ainsi, de 1814 à 1845, il n'y aurait eu qu'une augmentation de 5 kil. dans le poids des bœufs. Je m'expliquerai plus tard sur la diminution de poids des vaches.

Ce fait était trop conforme à mes observations personnelles, dans les villes du Midi et du Nord de la France, pour me surprendre. Mais, comme il ne sera pas aussi facilement admis par tout le monde, cherchons, par des comparaisons, à nous éclairer.

Les Archives statistiques contiennent les plus précieux documents sur la consommation de la viande aux trois époques de 1816, de 1820 et de 1833, documents dont on ne trouverait assurément le pendant dans aucun pays. Les renseignements sont fournis par département, et ne concer-

nent que les chefs-lieux et les villes au-dessus de dix mille
âmes. Malheureusement, ils ne vont pas au-delà de 1833, et
c'est surtout à partir de cette époque que les améliorations
apportées dans l'élève du bétail ont dû devenir sensibles.
Plus malheureusement encore, le rédacteur des tableaux a
confondu dans un seul chiffre la consommation de toutes
les villes du même département, si bien que, par exemple,
celle de Rouen se trouve jointe à celle du Havre, de Dieppe
et d'Yvetot. Paris seul a eu les honneurs d'une exception.
Nous ne pourrons, dès-lors, opposer ville à ville, mais seulement département à département. Cette comparaison sera
moins concluante que l'autre. Essayons-la cependant.

Voici les moyennes de la Seine-Inférieure :

	Bœufs.	Vaches.	Veaux.	Moutons.	Porcs.
1816...	279	216	44	22	81
1820...	279	218	44	22	78
1833...	280	219	44	22	78

15. Moyennes
du
département
de la Seine-
Inférieure.

Faisons remarquer, en passant, qu'elles ne font que confirmer celle de Rouen

Comparer la Seine-Inférieure à chacun des quatre-vingt-
six autres départements, serait une tâche aussi fastidieuse
que peu instructive. Choisissons donc ! Mais, pour qu'on ne
puisse nous accuser d'arbitraire dans notre choix, prenons
un point de départ fixe et qui nous permette d'atteindre,
sinon tous les départements qui ont pour chef-lieu de grands
centres de population, du moins la plupart d'entre eux.

C'est ce que j'ai tâché de faire par le tableau suivant.
J'ai choisi, dans les Archives, le département qui avait abattu
les bœufs les plus lourds en 1833, et j'ai placé les autres
à sa suite, en adoptant une progression toujours décrois-
sante, jusqu'à ce que j'aie eu atteint la limite de 300 kil. En
face des poids de 1833, j'ai inscrit ceux de 1820 et de 1816,

14. Compa-
raison
de la Seine-
Inférieure avec
vingt-cinq
autres départe-
ments, aux
trois époques
de 1816, 1820
et 1835.

afin que, d'un seul coup d'œil, on pût embrasser les variations ; enfin j'ai indiqué, pour 1833, la quantité d'animaux
abattus, la connaissance de ce nombre étant indispensable
pour apprécier l'importance de la consommation.

Relevé des vingt-cinq départements qui , en 1833 , ont
abattu les bœufs les plus lourds.

	Nombre des animaux abattus en 1833.	Poids moyen en 1833.	Idem en 1820.	Idem en 1816.
Loire..........	4884	431	426	320
Haut–Rhin......	3025	359	358	348
Allier..........	2366	354	361	364
Dordogne.......	1219	351	280	303
Gironde..	8924	350	350	349
Tarn-et-Garonne.	1070	348	352	344
Aveyron........	281	333	328	334
Gard..........	5720	326	318	314
Bas-Rhin..	6856	324	325	325
Vienne........	1834	321	318	306
Lot-et-Garonne.	488	316	318	315
Doubs	3143	316	318	315
Meurthe.......	5093	316	334	328
Cher	1435	316	325	320
Charente......	1674	315	301	302
Seine	69,974	312,50	337,50	325
Rhône........	17,127	310	313	317
Hautes-Pyrénées.	160	307	301	303
Haute-Garonne..	5019	305	304	304
Haute-Loire.....	6	304	308	300
Seine-et-Marne..	2668	303	306	309
Maine-et-Loire..	2209	301	298	301
Eure-et-Loir.. .	1629	301	299	304
Cantal	325	300	292	300
Vendée	726	300	300	300

Parmi ces départements, quelques-uns, tels que la Seine, le Rhône et le Gard, consomment des bœufs sans en produire. Quelques autres, tels que la Loire, l'Allier et le Doubs, sont à la fois consommateurs et producteurs. Je ne m'occuperai que des treize où la consommation est le plus considérable, et qui doivent être rangés dans l'ordre suivant. La Seine, le Rhône, la Gironde, le Bas-Rhin, la Haute-Garonne, la Meurthe, la Loire, le Doubs, le Gard, le Haut-Rhin, l'Allier, Seine-et-Marne, Maine-et-Loire. Je laisserai de côté les douze autres qui, en général, produisent plus qu'ils ne consomment. Seulement, j'avertirai les personnes, sous les yeux desquelles tombera ce tableau, qu'elles ne doivent pas juger de la force des animaux qu'ils engraissent, par les moyennes que j'ai données. Ces moyennes sont celles de l'abattage. De même que les pays qui produisent les vins les plus précieux ne sont pas ceux qui les consomment, de même les départements qui élèvent les plus grands animaux ne sont pas ceux qui en profitent. Qui n'a été frappé, en visitant le port de Bordeaux, des proportions gigantesques des bœufs qui y sont employés au camionage? Ces bœufs ne naissent pas dans le département, mais viennent des rives supérieures de la Garonne et de l'ancienne Saintonge, où se trouve l'une des plus grandes races françaises. Les moyennes d'abattage fournies par ces contrées, n'ont cependant rien d'extraordinaire.

Sur les treize départements dont la consommation peut être utilement mise en parallèle avec celle de la Seine-Inférieure, (j'ai oublié d'indiquer le chiffre d'abattage de celle-ci en 1833, il a été de 9,026 bœufs), il en est huit, ou même neuf, où les moyennes doivent être considérées comme stationnaires. Ce sont ceux du Rhône, de la Gironde, du Bas-Rhin, de la Haute-Garonne, du Doubs, du Haut-Rhin, de l'Allier, de Seine-et-Marne et de

Maine-et-Loire. Il en est quatre, au contraire, où elles présentent des augmentations ou des oscillations assez notables. Ce sont la Loire, la Seine, la Meurthe et le Gard. Etudions de près les conditions dans lesquelles chacun d'eux se trouve, et nous reconnaîtrons qu'on ne peut en rien inférer de contraire à la loi que j'ai indiquée.

15. Détails sur les progrès de Saint-Etienne. — C'est dans la Loire que commencent les fertiles prairies qui, s'étendant dans Saône-et-Loire, dans l'Allier et la Nièvre, sous le nom de *Prés d'Embouche*, y nourrissent l'une de nos plus célèbres races, la race Charolaise. De 1816 à 1833, la moyenne s'y est élevée de 320 à 426, et par conséquent s'est accrue de 116 kil. Est-ce à dire que cette prodigieuse augmentation soit due aux progrès de l'agriculture? Ce serait une extravagance. Que s'est-il donc passé dans ce département? Saint-Etienne, qui, avant la révolution, comptait 30,000 habitants, et en 1814 à peine 20,000, a pris rapidement les proportions d'une ville de premier ordre, et est devenue le Birmingham de la France. L'exploitation de plus en plus active des houillères qui l'entourent, et sur lesquelles il est bâti, la prospérité toujours croissante des diverses branches de l'industrie métallurgique qui y sont cultivées, la concentration de l'industrie des rubans, autrefois éparpillée entre plusieurs localités voisines, y ont déterminé une énorme accumulation de capitaux, la hausse de tous les salaires (1), un besoin de confort dans les diverses classes. Saint-Etienne, avec ses 70 ou 80,000 habitants, ne fait pas comme Melun, modeste faubourg de Paris, qui ne prend que ce que sa métropole veut bien lui laisser, et de là les lé-

---

(1) L'extraction de la houille est trois fois plus chère à Saint-Etienne qu'à Anzin.

gères fluctuations qu'on aperçoit dans les moyennes de Seine-et-Marne ; il prélève sa dîme, au passage, sur les bœufs que les *Prés d'Embouche* et l'Auvergne envoient à l'agrégation Lyonnaise, et il la prélève largement, puisque la moyenne du département auquel il appartient dépassait, si fort, en 1833, celle des quatre-vingt-six autres. Les économistes Anglais nous apprennent que les choses se passent absolument de la même manière chez eux, et que Manchester et Birmingham consomment les plus beaux produits de l'agriculture. Mais que l'état de souffrance et presque d'agonie dans lequel se trouve l'industrie métallurgique se prolonge encore quelque temps, et l'on peut être assuré que les habitants du district de Saint-Étienne ne consacreront plus à leur alimentation des bœufs d'un poids brut de près de 800 kil.

La Meurthe, comme la Moselle, doit une partie de ses approvisionnements à son sol et à celui des Vosges, et demande le reste à la Prusse Rhénane, qui nourrit des bœufs beaucoup plus grands que l'ancienne Lorraine. C'est à cette cause exclusivement qu'il faut attribuer les oscillations de ses moyennes.

16. Sources des approvisionnements de la Meurthe.

Le caractère flottant d'une partie notable de la population parisienne, et la *variété* des sources où elle puise ses approvisionnements, expliquent suffisamment les fluctuations de celles de la Seine.

17. Oscillations des moyennes de la Seine.

Leur marche ascendante dans le département du Gard est exclusivement due aux progrès de notre agriculture, dans la Lozère, l'Aveyron, le Cantal, la Creuse, la Corrèze et la Haute-Vienne. Examinons comment ces progrès sont venus se manifester et se traduire en chiffres à Nîmes.

18. Détails sur la révolution qui s'est opérée dans l'alimentation des grandes villes du sud-est de la France.

Au commencement du siècle, Nîmes, Montpellier, Avignon et Marseille ne consommaient d'autre viande que celle du mouton et du porc. Il y a à peine quarante ans qu'aux fêtes de Pâques, dans la dernière de ces villes, chaque famille se réunissait pour manger, à titre de régal, un morceau de bœuf venu de loin, et apprêté suivant une mode particulière au pays. La hausse constante du prix du mouton, que le défrichement des *garrigues* et leur plantation en vignes rendaient de plus en plus rare, a produit une véritable révolution dans leur régime alimentaire. Leurs besoins ont énergiquement stimulé la production et l'élève du bétail et des troupeaux dans le Limousin, l'Auvergne, l'Aveyron et la Lozère. Les fertiles et verdoyantes montagnes qui séparent ces deux derniers départements, les beaux pâturages de Mur de Barrés se sont couverts de vaches et de moutons. De nombreuses bandes de bœufs ont pris la route de la Méditerrannée. Nîmes, ville riche, industrieuse, active, de plus en plus florissante, a fait un peu comme Saint-Etienne. Elle ne laisse à Montpellier que les animaux inférieurs ou fatigués par la marche. De là l'énorme différence entre les moyennes des deux villes, qui ne sont, cependant, séparées que par 8 myriamètres. Des animaux de qualité supérieure sont dirigés sur le département des Bouches-du-Rhône, qui, en 1833, consommait déjà autant de bœufs que la Seine-Inférieure (9,011 contre 9,026). Toutefois, les moyennes de Marseille, tout en s'élevant, n'ont pas atteint celles de Nîmes, sans doute parce que les bœufs sardes, plus petits que les bœufs français, concourent à son alimentation.

Mais ce qui prouve bien l'exactitude de ce que j'ai dit de la fixité des types, c'est l'immobilité des moyennes en poids des moutons dans les Bouches-du-Rhône et le Gard. Nous les trouvons, dans le premier de ces départements, de 16 à 17 kil., et dans le Gard, de 25, supérieures, pour le dire en passant, de 3 kil. à celles que les Archives statistiques assignent à la Seine-Inférieure.

Nous avons comparé. Remontons maintenant aux sources des approvisionnements de Rouen ; mais rappelons-nous bien que les moyennes que je vais donner sont des moyennes d'abattage et non de production. Elles s'appliquent aux dix départements qui, directement ou indirectement, envoient des bœufs dans la Seine-Inférieure :

19. Moyennes des dix départements qui contibuent à l'alimentation de Rouen.

		1833	1820	1816
Eure..	Bœufs ...	231	231	220
	Vaches ..	245	216	217
Calvados	Bœufs ...	285	271	266
	Vaches...	199	202	190
Manche	Bœufs....	292	285	258
	Vaches...	188	194	179
Orne..	Bœufs....	262	260	259
	Vaches...	153	159	155
Mayenne.	Bœufs....	250	250	250
	Vaches...	150	150	150
Sarthe	Bœufs....	249	249	249
	Vaches...	160	160	162
Maine-et-Loire ..	Bœufs....	301	298	301
	Vaches...	179	190	189
Vendée.	Bœufs....	300	300	300
	Vaches...	175	175	175
Deux-Sèvres	Bœufs ...	268	272	286
	Vaches...	191	162	176
Vienne	Bœufs...	321	318	306
	Vaches...	220	226	278

Nous n'avons pu pousser nos comparaisons et nos re-cherches que jusqu'en 1833, et cependant, c'est à partir de cette époque que les progrès de notre agriculture sont devenus plus sensibles et plus faciles à traduire en chiffres. Un tableau de la consommation de la viande par département, après 1840, a été dressé au ministère de l'agriculture et du commerce, et M. Moreau de Jonnès le cite dans plus d'un endroit de son ouvrage. A-t-il été publié? Je l'ignore; mais ce que je sais bien, c'est que je ne l'ai point eu à ma disposition. De nombreux docu-ments, restés inédits, ont été recueillis en 1845. Quel dommage que tant de renseignements précieux, dont l'his-torien, l'économiste, l'administrateur, pourraient faire le plus utile et le plus instructif usage, restent enfouis dans les cartons du bureau de statistique!

Leur publication, j'en suis assuré d'avance, ne ferait que confirmer ce que j'ai dit en commençant cette trop longue dissertation. Elle nous révèlerait une élévation de plus en plus rapide des moyennes dans les villes d'un rang inférieur, et une augmentation beaucoup moins sensible, quoique progressive, dans les grands centres de popula-tion.

J'en ai pour garants les deux faits que voici :

En 1844, il y avait une différence de 100 kil. entre le poids des bœufs abattus à Rouen et celui des bœufs abattus à Dieppe. Quinze ans plus tard, cette différence n'était que de 50 kil.

Depuis dix ans, les commissionnaires en cuir de Paris ne se sont pas aperçus que le poids des peaux fournies par la boucherie de la capitale, ait sensiblement augmenté ; mais, en revanche, ils ont constaté un énorme accroisse-ment de poids dans les peaux de la banlieue.

J'ai trop justifié les moyennes de Rouen. Disons mainte-nant comment je les ai appliquées.

De 1814 à 1836, j'ai considéré le poids des bœufs comme n'ayant pas varié, et l'ai fixé à 325 kil. ; j'aurais dû faire de même pour le poids des vaches, porté, dans les états de 1814 et de 1816, à 275, et cela avec d'autant plus de raison que ces animaux, ayant été soumis, de 1822 à 1832, au même droit que les bœufs, les bouchers avaient intérêt à n'en introduire que d'un poids très élevé. Néanmoins, comme les conclusions de mon travail vont rencontrer plus d'un incrédule, j'ai très arbitrairement réduit leur poids, et l'ai fixé à 260 kil. pour toutes les années écoulées de 1814 à 1836.

J'ai appliqué à toutes ces années la moyenne de 60 kil. pour les veaux, et de 25 pour les moutons, avec la conviction d'être resté, pour les veaux, plutôt au-dessous qu'au-dessus de la vérité.

La moyenne assignée aux porcs était de 125 kil., en 1813. En 1836, on ne la portait plus qu'à 95. Cet abaissement ne s'est pas opéré brusquement, mais graduellement. J'aurais dû, dès-lors, après avoir déterminé l'époque où il a commencé, réduire, d'année en année, le poids de 125, de manière à arriver, en 1836, à celui de 95. Malheureusement, je n'ai pu recueillir, sur cette époque, que des renseignements fort contradictoires. Je me suis alors décidé à créer, avec les chiffres de 125 et de 95, une moyenne que j'ai appliquée à toutes les années intermédiaires.

De 1836 à 1846, suivant toujours l'administration pour guide, j'ai employé les chiffres de 330 kil. pour les bœufs, de 55 pour les veaux, de 95 pour les porcs. Appuyé sur les meilleurs renseignements, j'ai cru devoir maintenir à 25 la moyenne des moutons qu'elle avait momentanément fait descendre à 24. Quant aux vaches, la manière dont j'ai procédé demande explication.

J'ai dit, page 17, qu'en 1800, Rouen tirait exclusivement de la Basse-Normandie celles qu'il livrait à la bou-

20. Règles suivies pour l'application des moyennes officielles.

cherie, et qu'aujourd'hui il les demandait au département dont il est le chef-lieu et à l'Eure. Cette substitution n'a été complète qu'en 1850, mais elle a eu lieu partiellement dès l'année 1840, et a dû produire, l'année suivante, des effets appréciables.

L'élève et l'engraissement des vaches ont fait de très
grands progrès dans l'Eure, progrès accusés, dès l'année
1833, par une différence de 27 kil. entre cette année et
1816. (Voir le tableau p. 37.) Elle en a fait de plus grands
peut-être dans la partie des arrondissements de Dieppe, du
Havre et d'Yvetot, que nous nous obstinons à appeler le
pays de Caux. L'usage, emprunté aux Anglais, de consacrer à l'engraissement des animaux d'un âge peu avancé,
s'y est introduit et a amené les cultivateurs à livrer à la
boucherie, sous le nom vulgaire de *bétons*, de jeunes vaches
de trois ans, dont des croisements judicieux, soit avec des
taureaux de Durham, soit avec des taureaux choisis dans
le pays, ont singulièrement agrandi la taille et amélioré les
proportions. Lorsqu'en 1846, l'autorité se livra, à Rouen,
aux vérifications qui devaient précéder la conversion du droit
par tête en droit au poids, les bouchers en présentèrent qui
atteignaient ou dépassaient le chiffre de 290 kil. On pensa
qu'ils avaient choisi les animaux les plus lourds, pour rendre
plus légère la charge de l'octroi. Mais, comme ces poids
élevés se sont maintenus en 1847 et dans les années subséquentes, et qu'en 1850, la moyenne de 297 kil. a été
atteinte, force a bien été de chercher une autre explication.
Les tanneurs que j'ai consultés m'ont affirmé que le poids
des cuirs de vaches avait augmenté d'année en année,
pour ne pas dire de mois en mois. Comment concilier avec
ces faits la déclaration de l'autorité municipale, que les
vaches qui donnaient en moyenne 263 kil. de viande en
1836, n'en donnaient plus que 250 en 1845, déclaration
sur laquelle mes conférences avec M. le directeur des

abattoirs n'ont pu me donner aucune lumière? J'ai supposé qu'au moment où le renseignement avait été fourni, quelque circonstance exceptionnelle s'était présentée. Je n'en ai tenu aucun compte ; j'ai conservé jusqu'en 1840, inclusivement, le chiffre de 263 kil. Mais, à partir de 1841, je l'ai graduellement élevé chaque année de 2 kil.

On remarquera que je n'ai pas plus parlé, dans cette période que dans la précédente, de l'agneau. La consommation en a toujours été fort insignifiante ; elle a constamment décru depuis 1826, où l'on tuait 109 agneaux, et a fini par n'avoir plus de chiffres dans les registres de l'octroi. Toutes les fois que ces jeunes animaux paraissent dans nos marchés, ils sont enlevés pour Paris et pour Londres. Dans cette dernière ville, où le veau est de fort médiocre qualité, l'agneau français se payait, il y a quelques mois, 2 fr. le kil.

En revanche, la consommation du cochon de lait est encore considérable. De 1800 à 1850, elle a cependant diminué de près de moitié. J'ai fixé le poids du cochon de lait à 12 kil. pour la première période, et à 10 pour la seconde.

Grâces au ciel, me voici arrivé à la fin de cette interminable discussion des moyennes approximatives, qui ne paraîtra jamais à personne aussi longue qu'à moi, et cependant combien de moyens de détail, employés pour vérifier la bonté de mes matériaux, j'ai passé sous silence.

La loi du 10 mai 1846 a coupé court à ces recherches. Dans toutes les villes importantes, la constatation du poids se fait sous la double garantie de l'intérêt de l'octroi et de celui des bouchers. Plus d'erreur possible.

21. Troisième période, 1847-1851. Élévation des moyennes. Explications du fait.

On devait s'attendre à ce que son exécution déterminerait un abaissement dans la taille et le poids des animaux.

Un résultat tout contraire a eu lieu à Rouen. Le poids des veaux, des moutons et des porcs a augmenté de quelques kilogrammes. Celui des vaches et des bœufs, surtout, s'est prodigieusement élevé.

Le même fait s'est produit en d'autres villes, à Versailles par exemple, où il est devenu le motif d'une pétition adressée par les bouchers au ministre des finances, pour demander la révision du tarif de 1846, et la restitution, par la ville, d'une partie des droits perçus depuis 1847.

La légère augmentation de poids des animaux d'un ordre inférieur, me paraît facile à expliquer par cette circonstance que la boucherie foraine a dû enlever aux bouchers des villes la partie la moins riche de leur clientelle, et que ceux-ci, en restreignant le nombre des sujets qu'ils abattaient, ont dû les choisir plus grands et de meilleure qualité.

Je viens de m'expliquer sur la cause de l'augmentation du poids des vaches,

Quant à celle qui a pu déterminer une augmentation de *trente-huit kilogrammes* dans le poids des bœufs à Rouen, elle paraît d'autant plus difficile à démêler, que la substitution du droit au poids au droit par tête, et les exigences des bouchers de Paris, ont réduit, notoirement depuis quelques années, la taille des animaux dans le Calvados et la Manche.

Nous avons parlé d'attraction. Comparé à Paris, Rouen n'est qu'un satellite. Lorsque dans sa marche nous observons quelque chose qui ressemble à une perturbation, comment n'en pas chercher la raison dans la capitale ?

22. Détails sur les sources de l'approvisionnement de Paris. Je me trouve ainsi naturellement amené à passer en revue les diverses sources où les habitants de Paris puisent leurs approvisionnements (il en est plusieurs que les habitants de Rouen ne fréquentent pas), à rechercher les changements que la marche des années et les progrès de notre agriculture ont apportés à leur volume, à constater surtout ceux que l'établissement des chemins de fer n'a pu manquer d'opérer dans leur distribution. J'aurai à tenir compte des goûts et des préférences des consommateurs. Peut-être qu'au bout de cette apparente digression, nous trouverons l'explication du fait anormal qui nous préoccupe.

Je me la permettrai d'autant plus volontiers que mon écrit, s'il voit le jour, passera, je l'espère, sous les yeux des producteurs, et en particulier des herbagers du Calvados, auxquels je désire autant être utile qu'aux consommateurs, leurs intérêts me paraissant inséparables

Il s'est propagé parmi les laborieuses et intelligentes populations de la Basse-Normandie des bruits étranges. On leur a annoncé que, dans un avenir très rapproché, elles allaient être dépossédées du privilège dont elles jouissent depuis des siècles, de fournir à Paris ses viandes les plus sapides et les plus savoureuses. On leur a présenté les nourisseurs de la Bretagne, du Poitou, du Bourbonnais, du Nivernais, de la Bourgogne et de la Flandre, comme des rivaux qui les avaient déjà en partie supplantées. On est allé même jusqu'à affirmer (ce qu'on va lire a été écrit sous la dictée d'un herbager du Calvados), *que le département du Nord, qui, jadis, demandait pour sa consommation, chaque semaine, 500 bœufs aux marchés de Sceaux et de Poissy, leur en envoyait aujourd'hui un pareil nombre provenant de ses fabriques de sucre de betterave.* Ces bruits ont eu leur retentissement dans la capitale. Dans un journal fort sérieux, le *Journal des Savants* (1), un membre illustre de l'Académie des sciences, que j'oserais appeler *l'un de mes maîtres* si ma jeunesse eût su mieux profiter de ses doctes enseignements, M. Biot, appelé à toucher, en pas-

(1) Année 1851, page 657.

sant, la question des approvisionnements actuels de Paris,
à propos de l'intéressant ouvrage de M. Léopold Delisle,
sur l'agriculture normande au moyen-âge, assure que,
menacés de plus en plus, par d'heureux concurrents que
les chemins de fer secondent, de perdre le débouché de
Paris, les éleveurs normands cherchent à s'en assurer un
nouveau dans la Grande-Bretagne. Un document fort
précieux, annexé au rapport de M. Lanjuinais, sous le n° 1
(p. LXIV et suivantes), sous le titre de *Relevé des bestiaux
présentés à la vente sur les marchés de Poissy, Sceaux,
Paris et la Chapelle, avec indication de leurs diverses
provenances*, va nous permettre d'apprécier ce qui est
exact ou ce qui ne l'est pas, dans ces prédictions.

Faisons observer, avant tout, que les marchés de Sceaux
et de Poissy ne contribuent pas seulement à l'approvisionnement de Paris et de sa banlieue, mais qu'ils fournissent
des bœufs et des vaches aux villes voisines, telles que
Versailles et Fontainebleau, qu'ils en envoient même
quelquefois à Amiens et à Rouen.

Ajoutons, cependant, que la consommation du département de la Seine est tellement considérable (ce département a 1,422,065 habitants, qui tous animalisent leur
nourriture), que ses prélèvements ont absorbé une grande
partie des bestiaux dont je vais donner les nombres.

Voici les chiffres des divers animaux conduits sur les
marchés d'approvisionnement en 1825 et 1850. Je vais les
présenter tous à la fois, afin que l'esprit puisse en saisir
l'ensemble, sauf à les reprendre en détail, suivant le besoin de ma discussion.

1825, 130,752 *bœufs*, 15,680 *vaches*, 106,494 *veaux*,
614,758 *moutons* (1).

_____

(1) L'état ne fournit malheureusement aucun détail sur les porcs.

1850, 151,892 *bœufs* . 28,531 *vaches* , 120,485 *veaux* , 946,528 *moutons*.

Occupons nous d'abord des bœufs.

Dans quelle proportion les anciennes provinces de France (l'état est dressé par province) ont-elles concouru à la formation de leurs chiffres ?

Laissons de côté celles qui n'ont donné que des quantités insignifiantes.

En tête de toutes, je suis obligé de placer la Normandie, aussi bien pour 1850 que pour 1825.

Son contingent avait été, en 1825, de 40,809, ainsi répartis :

Calvados..........	10,853
Eure.............	12,360
Manche...........	6,578
Orne.............	8,991
Seine-Inférieure...	3,134

En 1850, il a été de 60,564, répartis de la manière suivante :

Calvados..........	42,123
Eure.............	254
Manche...........	273
Orne.............	17,611
Seine-Inférieure...	303

Ainsi, elle a augmenté de moitié ses envois, et elle a droit de réclamer une forte part dans l'excédant de 1850 sur 1825.

Après la Normandie, vient l'ancien Anjou, ou le département de Maine-et-Loire, qui avait vendu, en 1825, 10,699 bœufs, et qui en a vendu, en 1850, 29,127 et l'ancien Poitou, représenté par les Deux-Sèvres, la Vienne et la Vendée, qui n'en avait fourni, dans la première de ces années, que 10,776 et qui en a fourni, dans la seconde, 19,735 ; puis le département de la Dordogne, faisant partie de l'ancienne Guyenne, qui n'avait rien envoyé en 1825, et qui, en 1850, a livré, pour son tribut, 5,204 animaux. En arrière de ces provinces, je placerai l'ancien Nivernais, le département de la Nièvre ; son contingent avait été de 3,906 en 1825 ; il l'a porté, en 1850, à 6,840 ; plus en arrière encore le Berry, (le Cher, l'Indre), dont le chiffre de 4,438, en 1825, s'est péniblement élevé à 4,953 en 1850.

Toutes les autres provinces, loin d'être en progrès, ont sensiblement réduit leurs envois.

Ainsi, le Bourbonnais (l'Allier), qui figurait, en 1825, dans le tableau, pour 4,437 bœufs, n'y figure plus que pour 1833 ; le Limousin (Corrèze et Haute-Vienne), qui y était porté pour 12,722, n'y est plus porté que pour 7,609 ; l'ancienne Marche, le département de la Creuze, dont le chiffre était de 4,664, l'a vu descendre à 2,416 ; le Maine (Mayenne et Sarthe), qui avait fourni, en 1825, à la consommation, 13,344 bœufs, ne lui en a donné que 6,300 ; la Saintonge (Charente et Charente-Inférieure), qui en avait livré 8,402, n'en a livré que 7,465.

Quant à la Bretagne et à la Bourgogne, ces deux provinces n'apparaissent, en quelque sorte, dans l'état, en 1850, que pour mémoire. J'en dirai autant de l'ancienne Flandre Le département du Nord a toujours envoyé quelques bœufs sur les marchés de la capitale ; mais leur nombre, loin d'augmenter, a diminué. De 885 en 1825, il est descendu à 65 en 1850. Il y a loin de là, comme on le voit, à l'énorme contingent que lui attribuaient quelques éleveurs normands.

Le prélèvement de 500 bœufs par semaine, qu'il opérait

autrefois à Poissy et à Sceaux, n'est pas moins fabuleux. Si le fait eût été exact, ce département eût passé avant le *Rhône*, qui, d'après l'ouvrage de M. Moreau de Jonnès, est, après la Seine, le département de France qui consomme le plus de bœufs. Dès l'année 1840, il en abattait 20,000.

Ce qu'il y a de vrai, c'est que le grand nombre de fabricants de sucre de betterave qui se sont établis dans les départements du Nord et du Pas-de-Calais, ont fait venir, du dehors, pour utiliser leurs résidus, des bœufs de race franc-comtoise. Ils les nourissent avec de la pulpe de betterave et des tourteaux de graines oléagineuses. On raconte des merveilles de ce mode d'engraissement. Ces bœufs sont exclusivement consommés dans le pays. Il est si peu exact de dire qu'ils concourent à l'alimentation de Paris, que, malgré ma bonne volonté, je n'ai pas rencontré dans la capitale, un seul boucher qui ait pu m'éclairer sur leur mérite.

Je passe à ce qui regarde les vaches. En 1825, avons-nous dit, les marchés de la capitale en ont reçu 15,680, en 1850, 28,531.

Sur les 15,685 vaches de 1825, 13,449 provenaient de l'Ile-de-France, c'est-à-dire du département de la Seine et de ceux qui l'avoisinent; 1,270 seulement de la Normandie.

Sur les 28,531 de 1850, l'Ile-de-France a fourni 12,635 têtes, la Normandie 7,455, le Limousin 2 399, le Maine 1,755 et la Saintonge 1,344.

106,494 veaux avaient été vendus en 1845.

120,485 l'ont été en 1850.

Sur les 106,494 de 1825, 29,558 avaient été apportés de Normandie, 4,926 de l'Artois, 3,186 de l'Orléanais, 56,458 de l'Ile-de-France.

Sur les 120,485 de 1850, la Normandie a envoyé 18,013

têtes, l'Ile-de-France 57,412, l'Orléanais 38,950, la Champagne 4,831. L'Artois n'en a pas envoyé une seule. C'est le Gâtinais qui fournit, en ce moment, à Paris, ses veaux les plus estimés , comme c'est la Champagne qui livre les plus lourds.

La réduction dans les envois de la Normandie s'explique par une seule cause, par l'existence d'un chemin de fer qui , en permettant aux cultivateurs le transport de leur lait , en nature , dans la capitale , leur a fait abandonner l'industrie beaucoup moins lucrative de l'élève des veaux.

La consommation du mouton a augmenté, dans la banlieue de Paris, dans une proportion énorme. C'est l'indice le moins équivoque de l'amélioration de l'alimentation.

614,758 moutons avaient été amenés sur les marchés la capitale en 1825. 946,528 y ont été conduits en 1850.

Le contingent fourni par la Normandie, la première de de ces années, a été de 74,475 têtes, et la seconde, de 46,474. S'il a diminué , c'est uniquement parce que les producteurs trouvent, dans leur pays , où l'industrie des troupeaux est au moins aussi prospère et aussi florissante qu'en aucune autre partie de la France, un prix rémunérateur bien plus élevé qu'à Poissy et à Sceaux.

Les bouchers de Paris ont toujours extrêmement prisé les moutons normands. Depuis qu'ils leur font défaut , ils y suppléent par ceux que leur envoie la Suisse allemande, et qu'ils paient, avec avantage , 5 et 10 centimes de plus, par kil., que les moutons indigènes. Il n'y a rien de régulier dans l'arrivée de ces animaux. Dès qu'ils paraissent, ils sont enlevés. Leur poids , en viande nette, ne dépasse jamais 30 kil. Ils donnent peu de suif , ont peu d'os, peu de graisse, mais fournissent, en revanche, une chair abondante, fort délicate, et toujours exempte de cette odeur et de cette saveur forte et nauséabonde que nos moutons d'hiver doivent quelquefois à leur long séjour dans les étables. Ils m'ont semblé appartenir à une sous-race provenue du croisement des mérinos avec une race indigène du Wittemberg. Leur présence sur les marchés de la capitale est difficile à expliquer. Les Suisses vont les chercher au loin, dans la Forêt-Noire ou le Wittemberg, les gardent assez longtemps chez eux, pour les engraisser, paient à nos frontières un droit de 5 fr. par tête, et, après leur avoir fait faire au moins cent-vingt lieues, trouvent encore du profit à les vendre 35 fr. aux Parisiens. Il est vrai que les frais de voyage sont peu considérables. Ces moutons marchant toujours de nuit, prennent, sans façon, leur nourriture dans les champs qui bordent les routes, et comme leur passage n'a rien de périodique, les propriétaires se lèvent toujours trop tard pour se faire indemniser par les conducteurs.

Je crois donner un bon conseil aux agriculteurs de la Seine-Inférieure, en les engageant à s'approprier cette sous-race, ou tout au moins à diminuer, par des croisements avec elle, la forte quantité d'os et de graisse que présente la leur, et qui en rend souvent le débit fort onéreux aux bouchers.

Le nombre des moutons suisses s'est élevé, en 1850, à 56,384. Il n'avait été, en 1825, que de 655.

L'Allemagne envoie encore une autre sorte de moutons, qui se rapprochent de la race flamande, et qui n'ont d'autre mérite que d'être riches en suif. Fort grands de taille, ils sont peu appréciés à Paris.

L'Ile-de-France a fourni, à elle seule, 175,750 moutons.

Dans tout ce que je viens de dire, on ne trouvera rien, je pense, qui justifie l'annonce d'un prochain divorce entre Paris et la Normandie. En sera-t-il autrement des faits qui me restent à exposer ?

4

La Basse–Normandie ne livre à la consommation que des bœufs d'herbe. Elle en élève elle-même une partie dans les champs et les prairies de la Manche, et ceux-là appartiennent à la race cotentine. Elle va demander les autres aux départements voisins. La race cotentine, si renommée au temps passé, a encore toutes les prédilections et les préférences des consommateurs de la capitale. Je les ai trouvés forts divisés sur le mérite de certains emprunts faits à la Grande-Bretagne ; je les ai trouvés unanimes pour proclamer la supériorité des bœufs cotentins. Leur première apparition sur les marchés de Paris est toujours un événement pour les bouchers. Ils ne placent qu'en seconde ligne la race charolaise, malgré les remarquables perfectionnements qu'elle a subis de nos jours. La race charolaise, disent-ils, *offre à l'œil une plus belle viande, mais elle a le grain beaucoup moins fin que la cotentine*, sans doute à cause du retard apporté à la castration dans le Bourbonnais et le Nivernais. Je dois dire, cependant, que je n'ai pas été seul à admirer, sur les marchés, des bœufs qui lui appartenaient et qui avaient été nourris, à l'étable, avec du foin, des betteraves, de la farine d'orge et de sarrazin, des tourteaux de noix, et dont l'appétit avait été constamment stimulé par de fortes rations de sel. Ils provenaient des environs de Nevers.

Puisque j'ai tant fait que d'entamer le sujet des préférences des bouchers de Paris, continuons ! Parmi les bœufs de grain ou d'étable, ils assignent le premier rang aux bœufs du Limousin et de la Guyenne. Ils ne reprochent à ces derniers qu'une chose, c'est de ne fournir à la consommation que pendant trois semaines, à la fin de la saison.

Les bœufs du Limousin donnent peu de suif, mais beaucoup de viande, et leur viande est des plus savoureuses. Les *chataignes* concourent avec la farine et le foin à leur engraissement. Si , du parallèle que j'ai établi plus haut, entre 1825 et 1850 , il résulte qu'il en vient beaucoup moins qu'autrefois, il faudrait se garder d'en conclure que l'élève du bétail se soit ralentie dans les contrées qui les nourrissent. Seulement, les habitants trouvent plus d'avantage à les diriger sur les grandes villes du Midi et à les faire descendre même, m'a-t-on assuré, jusqu'à Perpignan.

Les bœufs de Chollet et de la Vendée ne viennent qu'après ceux que j'ai nommés.

Il paraissait autrefois, sur les marchés de la capitale, des bœufs d'étable dont la viande était mise fort au-dessus de toutes les autres. C'était les bœufs de Bresse ; ils sont élevés dans le Reverment, c'est-à-dire dans cette chaîne de vertes collines qui se développe à peu de distance de Bourg , et forme de ce côté le premier gradin du Jura. Je crois être sûr que la farine du maïs et du sarrazin est employée à leur engraissement. Voici plus de trente ans qu'il n'en est pas venu un seul à Sceaux et à Poissy. Ces bœufs, d'une finesse de forme très remarquable, sont consommés à Lyon et dans les villes voisines.

Dans tout ceci encore, il est difficile de rencontrer quelque chose qui justifie les appréhensions des éleveurs normands. Puisqu'ils n'engraissent que des bœufs d'herbe, ils n'ont de concurrence à redouter que de la part des cultivateurs qui se livrent au même genre d'engraissement, ou qui, engraissant à l'étable *toute l'année*, peuvent, à chaque instant, livrer des bœufs à la consommation.

Revenons cependant un peu sur nos pas.

Nous avons vu , page 45, que, de 1825 à 1850, la Normandie avait augmenté de moitié ses envois et les avait portés de 40,809 à 60,564. Dans le même intervalle l'ancien Anjou triplait les siens, et l'ancien Poitou les doublait. Ces deux provinces, qui en 1825, n'avaient dirigé sur Paris que

24. Lutte qui s'est établie entre la Normandie, l'Anjou et le Poitou.

21,475 bœufs, en envoyaient, en 1850, 48,862. Quiconque les a visitées, n'a pu manquer d'être frappé des merveilleuses facilités qu'elles offrent pour l'engraissement artificiel du bétail. Richesse du sol, variété de culture, abondance de céréales et de plantes fourragères, jusqu'à ces petits enclos formés par des haies très élevées, où, pendant le jour, les animaux trouvent, avec la nourriture, le calme et la solitude si nécessaires au développement de leur embonpoint, tout y semble fait pour cette industrie. Aussi depuis longtemps leurs habitants s'y sont-ils livrés. Ne trouvant pas sur leur sol tout le bétail dont ils ont besoin, ils vont le chercher au loin et nourrissent, avec des bœufs de Cholet proprement dits, des manceaux, des limousins, des saintongeois, des auvergnats et des gascons. Quelques personnes n'estiment pas à moins de 150,000 têtes la quantité de gros animaux qu'ils livrent annullement au commerce. Jadis ils ne pratiquaient que l'engraissement d'hiver et revendaient à d'autres nourrisseurs les sujets qu'ils n'engraissaient pas. Ils devenaient ainsi pour les herbagers normands d'utiles auxiliaires, et ne se montraient jamais leurs concurrents. Mais, depuis l'avilissement de tous les produits agricoles, au lieu de revendre la plus grande partie de leurs animaux, ils les engraissent en toute saison, et consacrent à cet engraissement, outre des farines de seigle et de sarrazin, des fourrages artificiels, des racines et les feuilles du chou cavalier, cultivé depuis longtemps sur les bords de la Loire, où l'une de ses variétés à pris le nom de *Chou de Touraine*. Les bœufs ainsi engraissés, sont sans doute inférieurs à ceux de Normandie. Quelle nourriture pourrait égaler celle que fournissent ses magnifiques herbages, où les bienfaisantes rosées de l'Océan entretiennent une végétation toujours active et toujours luxuriante? Mais ils peuvent être vendus à des prix moins élevés.

Le régime alimentaire des populations de l'Anjou et du

Poitou, est fort inférieur à celui des populations nor-
mandes. Elles mangent du pain noir, et ne consomment
point de viande. Ajoutez à cela que le système d'amodia-
tion, *à moitié fruits*, adopté sur beaucoup de points par
elles, s'il réduit les bénéfices du cultivateur, réduit aussi
ses avances et ses pertes, et établit entre lui et son propriétaire une véritable communauté, que l'excellence des
mœurs et d'antiques traditions rendent des plus frater-
nelles.

Grâce à cette réunion de circonstances, les anciennes
provinces dont je viens de parler ont fait, depuis quelque
temps, pendant la saison d'été, une véritable concurrence
à la Normandie, concurrence dont on a singulièrement
exagéré la portée, mais qui n'en est pas moins réelle.
Elles ont été prodigieusement aidées dans la lutte, par
celle des inventions modernes qui paraît devoir exercer le
plus d'influence sur l'avenir.

La question des avantages ou des inconvénients du transport des bœufs par les chemins de fer, a vivement préoc-
cupé la commission d'enquête, qui, dans son premier volume, a recueilli des avis fort contradictoires Après avoir
entendu bouchers et éleveurs, je me permettrai d'émettre
une opinion.

25. Du trans-
port des
bœufs par les
chemins de fer.

Le transport des bœufs par les chemins de fer, tel qu'il
est pratiqué par plus d'un éleveur de la Nièvre, a de graves
inconvénients. Après leur avoir fait faire une marche de
dix à douze lieues tout d'une traite, on les embarque
sans leur donner le moindre aliment. Affaiblis par la marche, exténués par la faim, effrayés par la rapidité du
transport, ils se précipitent les uns sur les autres, et se
font réciproquement de fortes excoriations. Mais si, au
lieu de les embarquer immédiatement, on leur donnait un
peu de repos et des aliments, si l'on prenait quelques pré-

cautions dans le trajet, il n'est pas douteux que ce mode de transport, *si le prix en était modéré*, n'offrît d'immenses avantages aux éleveurs. Une marche qui dure quelquefois quinze jours, et pendant laquelle l'aminal est enlevé à toutes ses habitudes, lui fait perdre beaucoup de son poids ; je n'oserais cependant affirmer, comme on l'a dit à M. Biot (1), que cette perte atteigne le chiffre de 10 à 15 p. cent. Quant à la prétendue amélioration dont les adversaires des chemins de fer ont tant parlé, et qui résulterait d'un certain mélange, d'une certaine *amalgamation* de la graisse avec la chair, déterminée par la marche, il n'est pas besoin d'être un grand physiologiste pour en concevoir l'absurdité.

J'ai parlé de *modération* du prix. Malheureusement, les intérêts de l'agriculture, si souvent oubliés, ne paraissent pas avoir été suffisamment sauvegardés dans les cahiers des charges. Le transport d'un bœuf, de Nevers à Sceaux, coûte 14 fr. ; à ce taux-là, plusieurs conducteurs m'ont assuré que, pour peu que leurs bandes fussent nombreuses, ils trouvaient de l'économie à les conduire à pied. Il en serait assurément de même sur la route de Poissy à Rouen. L'exagération des tarifs du chemin de fer qui met en communication ces deux localités, est connue de toute la France. Le transport d'un bœuf y coûte plus de 6 fr.

Ce qui prouve au reste que, même, malgré l'élévation du prix, il y a avantage à user des chemins de fer, c'est le choix qu'ont fait, de ce mode de transport, les éleveurs de l'Anjou et du Poitou, peu enclins en général aux innovations. En 1850, les chemins de fer ont transporté 65,979 têtes de gros bétail, 20,349 veaux, 229,316 mou-

---

(1) Numéro du *Journal des Savants*, déjà cité.

tons. Sur les 65,979 bœufs ou vaches, le chemin de fer d'Orléans a le droit d'en revendiquer 64,857. En un seul jour ses wagons en ont reçu 1,400. Disons en passant que les apports du chemin de fer de Rouen ont été à peu près nuls (1).

L'énorme quantité d'animaux, incessamment amenés à Paris par le chemin d'Orléans, a causé une véritable perturbation dans la tenue des marchés de Sceaux et de Poissy. Jadis, les commissionnaires de ces marchés, connaissant parfaitement les besoins de la consommation, ne demandaient, à leurs commettants, que le nombre d'animaux qu'elle réclamait.

En 1850 et 1851, les apports imprévus du chemin d'Orléans sont venus déranger toutes les combinaisons. Dans le cours de l'année dernière, et même pendant les premiers mois de celle-ci, il y a eu peu de semaines où le nombre des bœufs présentés aux marchés de Sceaux et de Poissy, n'ait dépassé de beaucoup le chiffre de 4,000, où le nombre des bœufs invendus n'ait atteint celui de 3 à 400, ce qui implique pour les nourrisseurs et les marchands une perte énorme. Dégoûtés d'un pareil état de choses, les herbagers normands ont plus d'une fois hésité ou retardé à envoyer leurs bœufs sur les marchés de la capitale, et semblé laisser le champ libre à leurs concurrents. C'est de là, sans doute, qu'on a voulu conclure contre eux le fait d'une dépossession aussi invraisemblable en elle-même, que démentie par les chiffres que nous avons fournis. La concession récente du chemin de fer de Cherbourg, dont ils ne sauraient trop hâter la confection, va leur permettre de

---

(1) Voir l'état n° 8, annexé au rapport de M. Lanjuinais. Je laisse, bien entendu, à la commission, la responsabilité du défaut de concordance entre les trois premières colonnes de l'état n° 6, et les totaux de l'état n° 1 pour 1850.

combattre désormais à armes égales, et comme il ne saurait convenir à aucun producteur de vendre à perte , l'ordre et l'équilibre se rétabliront nécessairement.

C'est à l'état transitoire que je viens de décrire qu'il faut , suivant moi , demander l'explication du fait anormal qui a servi de point de départ à cette digression. Paris éprouve l'embarras des richesses. Il en est qu'il se voit obligé de négliger. Les villes qui l'entourent en profitent. Les consommateurs qu'il renferme se montrent de plus en plus exigeants. La famille la plus modeste veut avoir sa part de certains morceaux de choix , réservés autrefois à l'opulence. Les bouchers ont dû dès lors abattre un plus grand nombre de bœufs, et les prendre d'une taille moins forte. Les animaux d'un type élevé qu'ils payaient, avant la loi du 10 mai 1846 , 10 c. de plus par kil. , dédaignés par eux , ont reflué vers la province. Aussi , pendant que les moyennes de Rouen , de Versailles, de Fontainebleau, augmentaient , celles de Paris diminuaient (1).

26. Fixation de la population de Rouen.

J'ai consacré bien des pages à l'un des éléments du problème. Je m'étendrai moins sur les autres.

Un grand nombre de recensements ou d'évaluations de la population , ont été entrepris en France depuis 1800 , mais non sur les mêmes bases et avec la même intelligence.

Le caractère centralisateur de notre gouvernement l'a empêché d'attacher du prix à la conservation, dans les archives des mairies ou des préfectures, des doubles des états qu'il se faisait envoyer, ou des matériaux à l'aide desquels ils avaient été dressés.

_____

(1) Voir le premier tome de l'enquête, déposition du directeur de l'octroi de Paris.

De là de déplorables lacunes dans le petit nombre de dossiers qu'il m'a été donné de consulter : des centaines de pièces inutiles, beaucoup de débris de ce lourd bagage d'écritures sans lequel l'administration française ne sait pas marcher, mais souvent, en revanche, absence de la pièce la plus essentielle. (1).

Je vais néanmoins, en m'aidant des Archives statistiques, fixer le chiffre de la population à des époques très rapprochées les unes des autres.

Suivant les Archives, la population de Rouen, en 1789, aurait été de 64,922 habitants. J'ai quelque peine, je l'avoue, à admettre qu'avec ses trente-six paroisses, ses quatre-vingt-dix églises, son port si fréquenté auquel le Havre était loin de faire la même concurrence qu'aujourd'hui, ses diverses industries, Rouen, siége d'un parlement duquel ressortissait toute la Normandie, métropole du plus important diocèse du royaume, puisqu'il renfermait 1,920 paroisses, et s'étendait jusqu'aux portes de Paris, n'ait pas eu plus d'habitants. Je ne pousserai pas plus loin mes réflexions. Je n'ai aucun intérêt à discuter le chiffre, je le donne tel que je le trouve (2).

Par suite du recensement que firent faire les consuls

----

(1) Si j'avais l'honneur d'appartenir à un conseil général, en votant des fonds pour la *conservation* des pièces utiles, je proposerais d'en voter pour la *destruction* des pièces inutiles. Dans quatre siècles d'ici il faudra plus de patience pour découvrir un acte administratif, que pour exhumer une charte du moyen-âge.

(2) Comment le concilier avec le texte d'une ordonnance de l'assemblée municipale et électorale de Rouen, du 20 janvier 1790, insérée au *Journal de Rouen* du 31 du même mois, qui porte ce qui suit :

« La ville et faubourg de Rouen, composés de 100,000 *habitants*
« *et plus*, sont divisés en 26 sections ou arrondissements qui for-
« meront autant d'assemblées de citoyens actifs. »

en 1800, les *Archives* assignent à Rouen une population de 87,000 âmes. D'un autre côté, le dossier de ce recensement que j'ai consulté à la préfecture, ne lui en donne que 79,736. Il fallait opter entre ces deux chiffres.

Mon hésitation n'a pas été longue.

J'ai supposé qu'il y avait eu erreur de date dans les *Archives*.

C'est déjà faire une bien large concession que d'accorder à Rouen une augmentation de 15,000 âmes pendant une période de douze ans, il est vrai, mais marquée par la perte de tous ses établissements religieux et civils, les fréquentes interruptions de son commerce, et des tempêtes politiques dont, malgré sa sagesse, cette ville ne put éviter de ressentir le choc

En 1806, un document administratif lui reconnaît 86,672 habitants. J'ai admis ce chiffre.

Les Archives lui en donnent 87,000 pour 1811, et 86,736 pour 1821. J'ai également admis ces chiffres, dont le dernier a reçu une consécration officielle par ordonnance.

Le chiffre de 86,736 est encore reproduit pour 1826, non-seulement dans les Archives, mais dans le dossier de la préfecture. Toutefois, en transmettant le travail de la mairie, le préfet, qui était alors M. de Vanssay, exprime l'opinion que M. le maire est resté, dans son évaluation (il avait procédé par évaluation et non par recensement à domicile), au-dessous de la vérité, et que Rouen doit avoir plus de 90,000 habitants. Cette opinion est trop conforme aux souvenirs que m'ont laissés l'exercice des fonctions de premier avocat-général et mes liaisons avec M. de Vanssay, pour que j'hésite à remplacer, par le chiffre de 90,000, le chiffre officiel.

Une ordonnance royale a fixé à 88,086, le nombre des habitants de Rouen pour 1831. Cette fixation, si l'on admet ma correction, est conforme aux vraisemblances. Les événements de 1830 ayant aggravé la crise industrielle commencée au déclin de la restauration, et éloigné de la ville plusieurs familles riches et un régiment de garde royale, un déficit de 1,924 personnes dans la population n'a rien d'exagéré.

A partir de 1836, l'autorité a abandonné le mode des évaluations, pour revenir à celui des recensements à domicile. Des instructions claires et méthodiques ont été adressées à toutes les municipalités. Les quatre derniers recensements ont été faits à Rouen avec le plus grand soin, et méritent une confiance absolue, tant par le caractère des personnes qui ont été chargées du travail préliminaire, que par la manière dont ce travail a été contrôlé.

Voici le tableau du mouvement de la population de Rouen, d'après les bases que je viens d'indiquer.

	Population sédentaire.	Population flottante.	Total.
1800	—	—	79,786 ou 80,000 en nombres ronds (1).
1806	—	—	86,672 ou 87,000 en nombres ronds.
1811	—	—	87,000
1821	—	—	86,736 ou 87,000
1826	—	—	90,000
1831	—	—	88,086 ou 88,000 en nombres ronds.
1836	—	—	92,083 ou 92,000 en nombres ronds.
1841	90,580	5,422	96,002
1846	91,046	8,249	99,295
1851	91,512	8,753	100,265

(1) J'ai cru pouvoir adopter des nombres ronds jusqu'en 1836, attendu que ce n'est que depuis 1836 que les recensements m'ont paru mériter une absolue confiance.

Restait à fixer la population pour les années intermédiaires. J'avais d'abord adopté la loi de Malthus. Mais, reconnaissant combien les faits s'y étaient peu conformés, j'ai abandonné la progression géométrique pour la progression arithmétique, qui m'a paru plus simple et plus conforme à la réalité. Au reste, les points de départ sont tellement rapprochés, qu'on obtient par les deux progressions des résultats à peu près semblables.

La population, à Rouen, est loin d'avoir suivi la même marche qu'à Lyon et à Marseille, où elle a presque doublé depuis le commencement du siècle (1). A diverses reprises le nombre des décès s'est trouvé supérieur à celui des naissances. J'ai cherché plus d'une fois à m'expliquer cette fâcheuse anomalie, et à me rendre compte de l'influence qu'avait dû exercer, sur les décès, l'insalubrité de certains quartiers. Sur ces points, les bureaux de l'état civil n'ont pu me fournir aucun renseignement.

27. Circonstances qui ont dû influer sur la consommation. J'arrive maintenant aux circonstances qui ont dû influer sur la consommation de la viande. Les unes sont intrinsèques en quelque sorte à cette consommation, et peuvent se traduire en chiffres; les autres sont extérieures. La circonstance intrinsèque la plus importante, la seule même qui, à le bien prendre, agisse directement et immédiatement, c'est le prix de la vente au détail, *le prix payé par le consommateur*. Mais ce prix doit nécessairement dépendre : 1° de celui auquel sont achetés les animaux vivants ; 2° du montant des droits d'octroi ; 3° du montant des droits d'abattoir ; 4° du prix de vente du cinquième

---

(1) D'après le recensement publié en 1852, la population de Lyon, réunie à celle de ses faubourgs, qui n'auraient jamais dû en être séparés, est de 254,000 habitants, celle de Marseille, de 195,000.

quartier, constituant les bénéfices *du boucher*, et comprenant le cuir, le suif, etc. ; 5° de l'organisation de la boucherie. Quant aux circonstances extérieures, je n'en vois qu'une susceptible d'être traduite en chiffres. C'est le prix des céréales.

Indiquons rapidement à quelle source j'ai puisé, pour m'éclairer sur ces divers points.

Qui le croirait ! La constatation du prix de la vente au détail a été complètement négligée par les administrateurs et les économistes.

28. Prix de la vente en détail.

De cette négligence sont résultés, pour moi, des embarras presque inextricables, lorsque j'ai voulu connaître celui qui avait été payé pendant les vingt-cinq premières années. Je me suis vu obligé d'ouvrir une véritable enquête qui a duré plus de six mois, et dans laquelle j'ai entendu les consommateurs les plus âgés, d'anciens chefs d'établissement, tous ceux enfin dont les souvenirs me paraissaient pouvoir atteindre le commencement du siècle, ou que je supposais avoir conservé, sur leurs registres, des traces de leurs relations avec la boucherie. Ce n'est que tout récemment que je suis parvenu à arrêter certains points.

Constatons, d'abord, les usages de Rouen.

Dans certaines villes, telles que Marseille et Montpellier, chaque espèce de viande est vendue à des prix différents. A Rouen, comme à Paris, où l'on a, avec une égale facilité, à sa disposition, le bœuf, le mouton et le veau, et où l'on s'est rendu compte, depuis longtemps, de la proportion suivant laquelle ils concourent à l'alimentation, l'on a admis la règle d'un prix unique, qui même s'étend à Rouen à la chair fournie par les porcs, lorsque la boucherie juge à propos d'en abattre, ce qui arrive ordinairement vers les fêtes de Noël, époque choisie, comme tout le monde le sait, dans le Midi aussi bien que dans le Nord

de l'Europe, pour un massacre général de cette sorte d'a-
nimaux.

Sous la Convention et le Directoire, le prix de la viande
s'était élevé jusqu'à 1 fr. 90 c., à Rouen. En 1800 et 1806,
elle y valait 1 fr. Il y avait bien eu, entre ces deux années, une augmentation de droits d'octroi ; mais l'effet en
avait été contrebalancé par une plus grande production.
En 1808, par suite d'un décret du 27 septembre 1807,
nous l'y trouvons à 1 fr. 10 c. 1818; et 1819 nous présentent le même chiffre. Suivant les uns, ce chiffre serait celui de toutes les années écoulées de 1808 à 1825. Il n'aurait
changé qu'en cette dernière année, époque à laquelle les
bouchers de Rouen, imitant l'exemple de leurs confrères
de la capitale, auraient introduit dans la tenue de leurs
étaux un luxe de propreté inconnu jusque-là. Suivant les
autres, il aurait fait place, au plus tard, à partir de 1819,
à celui de 1 fr. 20. Ce dernier chiffre doit seul s'appliquer,
de l'aveu de tous, aux années écoulées de 1826 à 1837,
époque de l'ouverture de l'abattoir. De 1837 à 1842, la
viande a valu 1 fr. 30. De 1842 à 1847, 1 fr. 40. L'exécution
de la loi du 10 mai 1846 a imprimé au prix le premier mouvement rétrograde qu'il ait éprouvé depuis 1800. En 1847,
il est redescendu à 1 fr. 30. Au 1ᵉʳ janvier 1851, à 1 fr. 20.

Je n'ai pas besoin de faire observer que le prix dont
j'entends parler est celui de la viande ordinaire de première qualité, et non celui de certains morceaux de choix
que les bouchers ont l'habitude de vendre le double des
autres ; qu'il ne doit pas non plus être confondu avec celui
de la viande inférieure, dite *basse viande ou bas morceaux*,
que je me réserve de déterminer ultérieurement.

C'est le seul dont l'administration doive se préoccuper
aujourd'hui. La plus grande partie de la population ne consomme que de la viande ordinaire. Les classes les plus
modestes qui, sans vivre précisément au jour le jour, ne

doivent leur aisance qu'à leur travail , aiment mieux supprimer la viande de leur alimentation, que consommer les bas morceaux, qu'elles abandonnent aux ouvriers de fabrique et aux soldats.

Je dois à l'extrême obligeance de M. l'économe du Lycée, la série des prix payés chaque année par cet établissement depuis sa fondation. L'administration des hospices m'a fourni le même renseignement pour les années écoulées depuis 1817.

Le prix des animaux vivants a sans doute une grande importance. Mais cette importance, il ne la doit qu'à son influence sur celui de la vente au détail. On verra plus tard que cette influence ne se fait pas toujours sentir immédiatement et peut-être quelquefois annulée. C'est ce qui rend *impardonnable* la négligence qu'on a mise jusqu'à présent à constater le second de ces prix.

La détermination du prix des animaux vivants ou de la *viande sur pied*, devrait être facile à Paris. Cette capitale puise exclusivement ses approvisionnements dans quatre marchés ouverts à ses portes ou dans son sein. Le grand nombre d'individus qui les fréquentent et la publicité des conventions ne sembleraient-ils pas devoir suffire pour assurer l'exactitude des mercuriales , alors même que le caractère des préposés de l'autorité, chargés de les diriger, ne leur conférerait pas une véritable authenticité ? Cependant l'enquête ordonnée par l'Assemblée législative, nous a appris que les mercuriales de Poissy et de Sceaux ne pouvaient inspirer une confiance absolue. S'il est difficile d'obtenir la vérité à Paris, que sera-ce donc à Rouen ? La boucherie de cette ville ne trouve, sous sa main, que la moindre partie de ce qui lui est nécessaire. Elle est obligée d'aller demander le reste, soit aux producteurs, soit à des marchés voisins. Comment intervenir dans ses conven-

29. Prix d'achat des animaux vivants.

tions avec les particuliers ? Quelle confiance accorder à des mercuriales rédigées sur un petit nombre de déclarations recueillies sans contrôle ? Ce qui donne de la valeur à ce genre de documents, c'est l'opposition des intérêts qui concourent à le former. Si le vendeur est intéressé à soutenir que la marchandise est en hausse, l'acheteur ne l'est pas moins à soutenir qu'elle est en baisse. Mais là où le combat n'existe pas, comment éviter l'erreur ? De tous les points de la France, pour ne pas dire de l'Europe, des cris accusateurs se sont élevés contre les bouchers. On ne parle partout que des bénéfices énormes, scandaleux, qu'il réalisent au détriment du producteur et du consommateur. Leur intérêt est donc de faire croire à des prix élevés. Ne peut-on pas craindre que cet intérêt ne devienne tout-à-fait dominant dans les marchés où ils n'achètent les animaux que de seconde main, et d'un nombre très limité de marchands qui peuvent n'être quelquefois que leurs commissionnaires ?

Ajoutez à cela qu'il existe souvent dans certaines localités des usages particuliers dont l'ignorance devient pour le statisticien ou l'économiste, la cause des plus grossières erreurs. Un exemple rendra ceci sensible. La plupart des bœufs que la boucherie de Rouen abat, elle va les chercher à Routot, petit bourg du département de l'Eure. Quinze ou seize marchands y conduisent chaque semaine 300 de ces animaux. C'est un chiffre bien faible à côté de celui de 4,000 fourni par les marchés de Sceaux et de Poissy. Un très grand nombre de bœufs de Poissy ont la même origine que les bœufs de Routot, sortent des mêmes herbages, ou proviennent des mêmes étables, et, pendant la saison d'été, arrivent grevés de frais de transport plus considérables. Comparez les mercuriales de Poissy à celles de Routot, et vous trouverez presque toujours les prix du premier de ces marchés inférieurs à ceux du dernier. Cette différence resterait une énigme inexplicable, si l'on ne tenait pas compte d'une circonstance dont les *mercuriales* ne parlent pas. La manière d'évaluer la viande nette à Poissy, n'est pas la même qu'à Routot. A Poissy, on comprend sous ce nom cette énorme capsule graisseuse, qui enferme chez le bœuf les reins ou *rognons*, et qui, dans un animal du poids net de 350 kil., représente 30 kil. de suif, et la moitié de la tête, qui en pèse au moins cinq. A Routot, le boucher de Rouen ne paie rien de tout cela. De là il résulte que le bœuf qui, pour le boucher de Paris, pèse 350 kil., n'en pèse pour lui que 315 et n'est payé par lui qu'à raison de 315. Supposez que le bœuf de première qualité se soit vendu la même semaine 94 c à Poissy et 1 fr. à Routot. Multipliez 350 par 94 et 315 par 1 fr., et vous trouverez que le boucher de Paris a payé 349 fr. ce que le boucher de Rouen n'a payé que 315. Les mercuriales disaient précisément le contraire (1).

En présence de pareilles difficultés, c'eût été une extravagance que de prétendre fixer, avec exactitude, le prix de la viande sur pied, depuis le commencement du siècle. Aussi n'en ai-je pas eu un seul instant la pensée. Mon but n'était pas de procéder à un rigoureux inventaire des bénéfices de la boucherie, mais seulement de comparer les

(1) Je rencontre dans le *Journal de Rouen*, du 25 septembre 1851, l'occasion de faire l'application de cette règle. Le bœuf de première qualité vendu, à Routot, le 22, 1,05, ne s'est vendu, à Poissy, le 23, que 0,96 c. le kil. En opérant comme je viens de l'indiquer, on reconnaît que le boucher de Paris a payé six fr. de plus par bœuf que le boucher de Rouen.

Je ne veux faire de procès à personne, mais je ne puis m'empêcher de faire remarquer que, dans les trois écrits publiés l'année dernière dans l'intérêt de la boucherie de Rouen, l'on n'a pas dit un mot de cette différence dans la manière d'évaluer la viande nette, et cependant, la différence entre les prix de Routot et ceux de Poissy y est devenue l'objet d'une discussion.

5

oscillations du prix d'achat avec celles du prix de la vente
en détail. Peu m'importait l'exagération du premier, pourvu
que cette exagération n'eût pas varié pendant cinquante ans.
Avec cette condition, j'étais sûr de pouvoir mesurer l'am-
plitude de chaque oscillation. Nulle part je n'ai rencontré
le document dont j'avais besoin. A Routot, on n'a rien pu
me fournir. Ce n'est que depuis quelques années qu'on y
conserve des traces des mercuriales. Celles d'aujourd'hui,
quoique rédigées avec plus de soin que par le passé, lais-
sent encore beaucoup à désirer, à ce que m'a écrit M. le
maire. A Rouen, à l'Hôtel-de-Ville, il existe un registre
sur lequel est porté, depuis 1800, le prix des diverses
viandes sur pied. J'avais eu l'inexprimable tort de l'adopter, pendant plusieurs mois, pour base de mes recherches ;
j'y ai trouvé tant d'énumérations fautives, que j'ai fini par
le rejeter avec dédain. Dans le tableau spécial que j'ai consacré aux oscillations, j'essaierai de suppléer imparfaite-
ment à ce document essentiel.

Je ne terminerai point cet article sans me plaindre du
mode extrêmement défectueux employé par les économistes, et par le Gouvernement lui-même, dans ses publi-
cations statistiques, pour constater le prix de la viande sur
pied. Au lieu de le donner par kilogramme, suivant l'usage
adopté dans tous les marchés de France, ils le donnent par
tête. Or, comme le poids des animaux diffère, non-seulement de département à département et de ville à ville,
mais d'une année à l'autre, il en résulte que la science ne
peut tirer aucun parti de leurs chiffres.

50. Droits
d'octroi.

Depuis 1800, les droits d'octroi ont toujours suivi, à
Rouen, une progression ascendante. J'appellerai plus tard
l'attention sur ce point. On trouvera, dans le tableau, en
face des chiffres de la consommation, celui des droits qu'elle
a eus à supporter chaque année.

L'abattoir de Rouen a été livré à la boucherie le 2 août 1837. Sa construction, en y comprenant l'achat du terrain et les travaux supplémentaires d'un aqueduc et d'un puits fixe, a coûté 1,178,107 fr. 04 c. Les droits d'abat sont payés par tête.

51. Droits d'abattoir

Ils sont ainsi réglés :

Bœuf ou vache.....	5 fr.	30 c.	
Veau.......	1	55	
Mouton.....		55	
Porc......	2	05	

En supposant les bœufs du poids de 330 kil., les veaux de 60, les moutons de 25, les porcs de 95, on trouve que le droit d'abattoir augmente le prix du kilogramme de bœuf de 0,0104, de veau de 0,0258, de mouton de 0,0250, de porc de 0,0210.

Ces droits étant fixes, j'ai jugé inutile de les rappeler chaque année.

A Paris, les droits d'abattage sont de 6 fr. pour les bœufs et vaches, de 2 fr. pour les veaux, et de 50 cent. pour les moutons.

La valeur du cinquième quartier ne peut manquer d'exercer une grande influence sur la consommation de la viande, puisque, comme nous l'avons vu p. 14, elle constitue le bénéfice normal du boucher. Plus elle augmente, plus il peut réduire ses prix. Plus elle diminue. moins il peut faire de concessions au consommateur. Elle est donc l'un des éléments les plus importants du problème dont nous poursuivons la solution, élément cependant qui me paraît avoir été presque complètement négligé par tous ceux qui se sont occupés de la matière.

52. Valeur du cinquième quartier.

Cuir et Peau.

Tout est précieux, on le sait, dans les débris des animaux dont l'homme consacre la chair à sa nourriture ;

les principaux sont le cuir ou la peau, le suif, les moyennes ou petites issues, appelées à Paris *abats blancs* et *abats rouges*, et le sang. Je parlerai plus tard des issues du porc.

Le cuir de vache a toujours été plus estimé que celui du bœuf. La castration altère la peau du bœuf et en rend le tissu lâche. De là le dicton populaire rapporté par De Lalande (1) : « A la tannerie, tous bœufs sont vaches, comme, à la boucherie, toutes vaches sont bœufs. »

La valeur des cuirs, frais ou verts, ne dépend pas seulement de la race des animaux auxquels ils ont appartenu, mais dépend aussi du plus ou moins d'habileté avec laquelle ils ont été enlevés. Je regrette d'être obligé de dire que, sous ce rapport, les bouchers de Rouen ont fort mauvaise réputation à Paris. On ne les place qu'après ceux de la capitale, de Bordeaux et de Lyon. On les met au même niveau que ceux de Londres, reconnus généralement pour peu adroits à dépouiller les animaux.

Les peaux de veau se vendent plus cher que celles de bœuf. Celles qui proviennent de Rouen ne sont pas estimées, à cause de l'usage de comprendre dans la dépouille livrée aux tanneurs, la portion du tissu qui couvre la tête.

Ce ne sont pas, au reste les grandes villes qui fournissent les meilleures. Plus le veau est jeune, et plus sa dépouille est précieuse. Les plus estimées et les mieux apprêtées viennent de Milhau, dans l'Aveyron. Elles ont reçu, dans le commerce, le nom de peaux de Bordeaux, sans doute parce que cette ville en a été, dans un temps, l'entrepôt, car elle tue des veaux plus lourds qu'aucune autre.

---

(1) *Art du Tanneur*, n° 5.

Soit par les motifs que je viens de donner, soit par tout autre, les bouchers de Rouen suivent à la lettre la maxime de De Lalande, et confondent dans un même marché les peaux de bœuf, de vache et de veau. A Pâques et à la Saint-Michel, les prix se règlent pour les six mois qui suivront. Il faut des circonstances tout-à-fait exceptionnelles, tels que les événements de 1848, pour qu'il en soit autrement.

Suivant les commissionnaires les plus recommandables de Paris que j'ai consultés, la moyenne du poids des cuirs de bœuf y est, pendant la saison d'été, de 45 kil., et pendant la saison d'hiver, de 55, ce qui donne le chiffre de 50 pour toute l'année Celle des cuirs de vaches est 35.

Rouen abattant des vaches beaucoup plus pesantes que Paris, et la proportion pour laquelle elles entrent dans la consommation n'étant que d'un sixième, tandis qu'à Paris elle est du quart, je crois devoir fixer à 45 kil., sans distinction de sexe, le poids moyen des cuirs fournis par les adultes de l'espèce bovine depuis 1847 ; on peut, sans inconvénient, adopter celui de 40 pour la seconde période, et de 35 pour la première, et fixer à 9 kil. celui des peaux de veaux.

Depuis 1800, le prix des cuirs a présenté de nombreuses fluctuations ; je les ai constatées pour les dix-huit premières années, au moyen du relevé des ventes faites par l'administration des hospices, et, pour les années suivantes, à l'aide des livres et des factures que l'un des plus honorables industriels de Rouen, M. Bouvet, a bien voulu mettre à ma disposition. Jamais, depuis le commencement du siècle, le cuir n'est descendu aussi bas qu'en 1848, et le témoignage de De Lalande m'autorise à dire que, pendant les soixante-quatre premières années du xviiie siècle, il n'avait pas subi une seule fois une pareille dépréciation.

En voici le tableau :

1800... 0,45 c. le kil.		1826... 0,80 c. le kil.	
1801... 0,45	—	1827... 0,70	—
(1) 1802...	—	1828... 0,84	—
1803...	—	1829... 0,90	—
1804...	...	1830... 0,90	—
1805... 0,60	—	1831... 0,65	—
1806... 0,60	—	1832... 0,76	—
1807... 0,60	—	1833 .. 0,80	—
1808... 0,82 50	—	1834... 0,75	—
1809... 0,90	—	1835... 0,72	—
1810... 0,90	—	1836... 0,75	—
1811... 0,82 75	—	1837 .. 0,67	—
1812... 1,19	—	1838... 0,72	—
1813... 1,21 25	—	1839 .. 0,86	—
1814... 0,72 92	—	1840... 0,90	—
1815... 0,90	—	1841... 0,93	—
1816... 0,82 50	—	1842 .. 0,95	—
1817... 0,71 50	—	1843... 0,80	—
1818... 0,85	—	1844... 0,80	—
1819... 0,60	—	1845... 0,82 50	—
1820... 0,80	—	1846... 0,76	—
1821. . 0,85 (2)	—	1847... 0,68	—
1822... 0,85	—	1848... 0,42 50	—
1823... 0,85	—	1849 .. 0,52 50	—
1824... 0,85	—	1850... 0,60	—
1825... 0,85	—	1851... 0,60	—

(1) Il y a lacune, pour ces trois années, dans les registres des hospices.

(2) J'ai fixé par approximation, d'après des renseignements pris à Paris et à Rouen, les moyennes des cinq années 1821-22-23-24-25. Pour ces années, je n'ai pu trouver de documents chez M. Bouvet.

Les usages auxquels les arts emploient le cuir sont tellement multipliés, qu'il me serait difficile d'en faire le dénombrement.

Sous le Consulat et l'Empire, la France, pour y satisfaire, s'était trouvée réduite à ses propres ressources. Mais, depuis la paix, et surtout depuis 1825, elle a importé du dehors des quantités énormes de peaux. Celles que lui envoient les rives de la Plata ont peu à peu remplacé, en Normandie et en bien d'autres provinces, les peaux du pays, pour la préparation de ce que la tannerie appelle les cuirs forts, c'est-à-dire des cuirs destinés aux semelles extérieures de nos chaussures. C'est qu'aussi ; il faut bien le dire, elles ont une qualité particulière. Les innombrables troupeaux de bœufs qui peuplent l'Amérique du Sud y vivant à l'état sauvage, toujours exposés à ce vent chaud et desséchant des Andes, dont Alexandre de Humbold nous a si bien décrit les effets dans son voyage à l'Equateur (1) : leur cuir ne peut manquer d'offrir un tissu tout autrement serré, tout autrement nerveux que celui des bœufs qui habitent nos régions tempérées. Ajoutez à cela que l'opération du salage peut s'y pratiquer en toute saison. Aussi les Anglais, si bien avisés en ce qui touche leur intérêt, et prévoyant de bonne heure le parti qu'on pouvait retirer du commerce avec Buenos-Ayres, avaient-ils eu soin de se le faire assurer, par le traité d'Utrecht, *exclusivement à toutes autres nations*. Et de là, pendant tout le cours du dernier siècle, l'obligation, pour celles qui voulaient employer des cuirs de la Plata, de ne les recevoir que de la main des Anglais (2). De là, sans doute, la supériorité attribuée, à

---

(1) M. de Humbold raconte qu'il a vu, dans quelques heures, des cadavres de mulet et de bœuf transformés en véritables *momies* et dépouillées de tout fluide par l'effet de leur simple exposition à l'action du vent.

(2) De Lalande, *Art du Tanneur*, p. 314.

cette époque, aux produits de la tannerie anglaise, supériorité que nous sommes loin de lui reconnaître aujourd'hui.
Mais, depuis que ce commerce est devenu libre, les nations
les plus renommées par la beauté de leurs races, telles
que la Belgique, la Prusse, l'Autriche, se sont disputé les
dépouilles des bœufs de l'Amérique du Sud. La tannerie
de Paris, qui, pendant longtemps, les avait repoussées, fait
entrer maintenant les cuirs exotiques dans ses préparations
pour près de moitié.

Ainsi exclus de ce qui avait été, pendant longtemps, leur
principal emploi, nos cuirs verts ont trouvé, grâce au développement de l'industrie, des destinations diverses auxquelles les cuirs secs sont tout-à-fait impropres. Une
notable partie des produits de la tannerie rouennaise est
consacrée à fournir nos manufactures de *cuirasses*, c'est-
à-dire de lanières appelées à transmettre à de nombreux
métiers le mouvement qu'elles vont demander à un moteur
principal. A proportion que l'activité industrielle grandira,
espérons que le prix du cuir se relèvera.

Ne dissimulons rien cependant ! La dépréciation de ce
produit, qui remonte déjà à plusieurs années, a été générale en Europe. Quelques personnes ont cru qu'elle se liait
avec l'établissement des chemins de fer. On a du moins remarqué en Allemagne, qu'à mesure que le réseau de ces
chemins s'y étendait, le prix des peaux y diminuait. Encore à cette heure, chez la plupart des nations qui nous
avoisinent, les cuirs verts sont moins chers qu'en France.
Si cet état de choses se prolongeait, il pourrait en résulter
une concurrence de plus en plus dangereuse pour notre
agriculture (1).

---

(1) On estime à vingt mille la quantité de cuirs que l'Algérie
envoie annuellement à Marseille. Ils sont petits et de médiocre
qualité.

Les droits de douane sur les cuirs exotiques sont de 1 fr. à 1 fr. 10 par 100 kil. pour les cuirs verts, de 1 fr pour les grandes peaux du Sénégal, de 2 fr. 50, en vertu de la loi du 10 juillet 1836, pour les cuirs salés de la Plata.

Comme on le voit, nos cuirs indigènes ne reçoivent, en réalité, aucune protection.

J'ai nommé De Lalande. C'est le célèbre astronome. Nous lui devons, sous le titre de l'*Art du Tanneur*, un manuel publié en 1764, qui fait partie de la collection des Arts-et-Métiers, rédigée par des membres de l'Académie des Sciences, sous les auspices de Trudaine. Ecrit avec une remarquable simplicité qui n'exclut point l'élégance, ce manuel n'a point vieilli (1). On ne lira peut-être pas sans intérêt quelques particularités que je vais lui emprunter :

N° 3. « Les meilleures peaux du royaume sont celles des « bœufs d'Auvergne, du Limousin et du Poitou ; elles sont « grandes, fortes et de bon apprêt. Celles de Normandie, « quoique grandes, sont les moins recherchées, parce « qu'elles sont minces et, par là, si difficiles à apprêter, « qu'elles ne produisent que des cuirs médiocres et exigent « des attentions particulières ; mais un jeune bœuf du Li- « mousin, lorsqu'il a été élevé en Normandie, passe pour « être le meilleur cuir de France. »

N° 7. Plus loin, il nous apprend que les peaux qui dépassent le poids de 60 livres sont considérées comme *grandes peaux* à la raie, et payées beaucoup plus cher que les autres. Leur prix était de sept sols la livre. Il doubla une fois, par suite d'une épizootie. Comme on le voit, ce prix se rapproche beaucoup du nôtre.

Même numéro. « La plus haute raie est de 95 ou de 98 li-

(1) De Lalande a publié deux ou trois autres manuels, entre autres l'*Art du Cartonnier*. J'ai été étonné de n'en voir figurer aucun dans le catalogue de ses ouvrages qui termine l'excellent article que M. Biot lui a consacré dans la *Biographie universelle*.

« vres ; on en voit même de cent. » Cette indication est précieuse, car elle nous donne la mesure de la plus haute
moyenne en poids des animaux qu'on abattait en 1764.
Cette moyenne équivaut à 380 kil.

N° 313. Ailleurs nous rencontrons les mêmes indications
pour l'Angleterre. « Les cuirs d'Angleterre, les plus beaux
« et les mieux nourris, pèsent de 46 à 65 livres, poids de
« France. » Comme on admet généralement que les cuirs
verts perdent moitié de leur poids par le tannage, il en
résulte que la plus haute raie, en Angleterre, était de
92 à 130 livres. Ainsi, dès cette époque, nos voisins
avaient l'avantage sur nous pour le poids des animaux.
« Ils coûtent en poil, ajoute-t-il, 30 à 40 shellings, ou 34
« à 46 livres (le shelling vaut 22 sols 10 deniers 3/7). »
Leur prix était donc à peu près le même qu'en France.
« Lorsqu'ils sont tannés, ils se vendent environ un shel-
« ling la livre, ce qui revient à près de 25 sols la livre,
« argent et poids de France ; cela ne s'éloigne pas du prix
« des cuirs à la jusée aux environs de Paris.

De Lalande était de Bourg, et c'est probablement à
cette circonstance que nous devons les curieux détails
qu'il nous donne (n° 329) pour l'année 1761, sur le poids
des cuirs dans la Bresse, le Mâconnais et le Bugey. La
moyenne des cuirs tout tannés de bœuf y était de 23 livres, celle des cuirs de vache et de cheval, de 9 livres ;
la douzaine de peaux de veau, tout apprêtées, y pesait
18 livres, celle de peaux de mouton, 5 livres et un tiers.
Après avoir constaté des poids aussi faibles, il ajoute qu'on
trouvait à Lyon des cuirs verts de 100 livres à la raie.
Faisons remarquer en passant combien ce dernier fait
vient à l'appui de tout ce que j'ai dit sur l'*attraction* exercée par les grandes villes ! Lyon, entouré de contrées qui
produisaient des animaux inférieurs, n'en abattait pas
moins des bœufs aussi lourds que Paris.

Les cornes de bœufs et de vaches, et leur os frontal, ont été compris, de tout temps, dans la dépouille livrée aux tanneurs. En 1764 elles valaient 8 livres le cent. A l'époque où la mode avait amené chez les femmes l'usage des longs peignes, c'est-à-dire de 1826 à 1830, elles ont valu jusqu'à 90 fr. Depuis elles sont descendues à 13. Elles se vendent en ce moment 20 fr. On donne la préférence aux cornes d'Amérique, qui sont belles et faciles à travailler.

A Rouen, le prix des peaux de moutons, comme celui des cuirs, se règle aux deux époques de Pâques et de la Saint-Michel. Pendant le semestre d'été on considère les moutons comme dépouillés de leur toison, et on les nomme *touzards*. Pendant le semestre d'hiver, on vend les peaux avec la laine. En 1851 la moyenne des peaux de touzard a été de 2 fr. 50 c., celle des peaux garnies de laine, de 6 fr. 25 c. Je n'ai pu me procurer la série des moyennes depuis 1818, époque où s'arrêtent les comptes des hospices. Mais, d'après les renseignements que j'ai recueillis, on peut adopter pour la période tout entière de 1818 à 1850, les chiffres de 6 fr. et de 2 fr. Les bouchers de Rouen vendent leurs peaux aux mégissiers de la ville et à ceux de Pont-Audemer.

Les cuirs et les peaux ne paient aucun droit d'entrée.

Le suif a longtemps été regardé comme le produit le plus avantageux de la boucherie. Tout ce qui le concerne mérite donc d'être étudié avec soin.   35. Suif.

Indépendamment des services qu'il rend pendant la durée de la vie, aux organes qu'il recouvre et protége, le suif doit être considéré comme une sorte de provision, de *réserve alimentaire* que la Providence, si admirable dans ses vues, a mise à la disposition de l'animal pour les temps de disette.

A l'époque de l'enfance et de l'adolescence, où toutes les ressources de la nature sont employées au développement de l'individu, l'accumulation du suif doit être nulle. Elle ne doit commencer que dans l'âge adulte, et doit augmenter avec les années.

Dans les latitudes méridionales, où la chaleur de la température réduit beaucoup, pour les animaux, la dépense d'aliments combustibles, cette accumulation doit être plus précoce que dans le Nord. Arrivés à l'âge adulte, le bœuf et le mouton doivent avoir du suif, mais point de graisse. Leur suif doit être plus riche en stéarine et en margarine, plus pauvre en oléine (1).

La composition chimique de cette substance doit surtout dépendre du tempéramment de l'animal, et du genre de nourriture qu'il s'est assimilée.

L'expérience vient pleinement confirmer ces données physiologiques

Le suif de mouton est plus riche en stéarine que celui du bœuf, et, par cette raison, s'est toujours vendu plus cher.

Il y a cependant une exception à ce fait. Elle nous est fournie par la Russie.

Elle exporte, sous le nom de suif du Kamtchatka, un suif singulièrement lamelleux et fusible, provenant du mouton à grosse queue, qui habite cette triste et froide région.

La raison de cette exception est facile à saisir.

Plongé dans un milieu toujours humide ou glacé, le mouton du Kamtchatka ne peut vivre qu'à la condition qu'une énorme quantité de graisse facilement combustible, viendra constamment entretenir chez lui la chaleur

(1) L'Algérie envoie depuis quelques mois à Marseille, des moutons dont la chair a un goût et une odeur de suif des plus prononcés.

que l'air ambiant tend sans cesse à lui enlever. C'est une raison analogue qui a porté la nature à envelopper d'une si prodigieuse quantité de graisse huileuse, les organes des grands cétacés dont elle a peuplé les mers Boréales et Australes (1).

Disons sur-le-champ que le plus ou moins de richesse en stéarine du suif se reconnaît à une qualité physique facile à saisir, à sa dureté.

Les bœufs les plus âgés sont ceux qui donnent le suif le plus dur. Le suif de la vache est plus dur que celui du bœuf, celui du bœuf nourri de graines, que celui du bœuf nourri d'herbe.

La boucherie de Rouen les confond tous, sans en excepter le suif de mouton, dans une seule masse dont elle règle le prix tous les samedis avec les fondeurs, dans un marché qu'elle tient *rue Massacre*.

Le suif le plus fin et le plus sec qui provient de la capsule qui enveloppe les reins, le suif *de rognon*, pour parler le langage du commerce, ne subit aucune opération dans les mains des fondeurs, et est expédié chaque samedi, à quatre heures, par le chemin de fer du Havre, pour Cherbourg, où il est promptement débité le lundi aux consommateurs de la ville et des environs. Ils l'emploient à la préparation de leurs aliments, et le paient en ce moment 1 fr. le kil., après l'avoir payé 1 fr. 90 c.

Cet emploi m'a d'autant plus surpris, que le suif de rognon n'est point exempt de l'odeur nauséabonde propre à cette substance, et que la région où on le consomme produit d'excellent beurre.

Et néanmoins, l'habitude de s'en servir pour les ali-

---

(1) Le cachalot maccrocéphale fréquente les mers les plus chaudes du monde. Cette circonstance n'expliquerait-elle pas pourquoi sa graisse est moins fusible que celle de la baleine franche, et pourquoi il fournit en si grande abondance le *blanc* de baleine, ou *adipocire*.

ments, est tellement invétérée chez les habitants de cette partie de la Normandie qui s'étend de Cherbourg à Coutances, que ceux d'entre eux qui se sont fixés à Rouen, et y vivent dans l'aisance, viennent chaque samedi en faire leur provision chez les fondeurs.

Tout le reste est converti en chandelles.

Cette dernière industrie a reçu parmi nous une mortelle atteinte par l'exécution de la loi de 1848, sur le travail dans les manufactures qui, en restreignant le nombre d'heures pendant lequel l'ouvrier est éloigné de son domicile, a dispensé sa femme de veiller en l'attendant, comme elle le faisait autrefois.

Je crois devoir fixer à 60 kil., au moins, la moyenne en poids du suif fourni par chaque adulte de l'espèce bovine abattu à Rouen, et à 8 kil. celui fourni par chaque mouton. J'ajouterai qu'on reproche aux bouchers de Rouen, de livrer leurs suifs au commerce dans un état d'*impureté* plus grand que les bouchers des autres villes.

Le prix du suif change avec les saisons. Fort bas en été, époque où la consommation de la chandelle est presque nulle et sa fabrication difficile, il augmente avec l'automne, et atteint ordinairement en hiver son apogée. Pour bien se rendre compte de ses fluctuations, il ne suffit donc pas de l'étudier année par année, mais trimestre par trimestre. Je n'ai pu le faire pour les dix-huit premières années, n'ayant d'autre document que les comptes des hospices. Mais pour les quarante-trois autres, la chose m'a été possible, grâce à l'obligeance et aux lumières d'un honorable industriel de cette ville, M. Nicole-Hervieux, qui a bien voulu compulser pour moi ses registres et ceux de ses prédécesseurs. M. Nicole a acquis, dans sa profession, des connaissances rares et fort précieuses. Je lui dois sur les suifs exotiques plusieurs détails intéressants dont je vais bientôt faire usage.

Voici le tableau des fluctuations du prix du suif. Je dois avertir que, pour les dix-huit premières années, les moyennes sont un peu faibles, les hospices n'ayant fait leurs ventes publiques qu'une fois par an, et n'ayant pas toujours été les maîtres de choisir le moment le plus favorable.

	le kil.		le kil.		le kil.
1800	0,66	1806.	0,88	1812.	0,71
1801.	0,85	1807.	0,85	1813.	0,72
1802.	(1)	1808.	0,64	1814.	0.72
1803.		1809.	0,68	1815.	0,90
1804.		1810.	0,71	1816.	1,00
1805.	0,96	1811.	0,72	1817	1,02

		le kil.			le kil.
1818. 1er trim.	1,04	1822. 1er trim.	1,00
2e »	1,08	2e »	0,88
3e »	1,40	3e »	0,94
4e »	0,90	4e »	0,94
1819. 1er trim.	1,00	1823. 1er trim.	0,82
2e »	0,96	2e »	0,74
3e »	0,88	3e »	0,74
4e »	1,04	4e »	0,74
1820 1er trim.	0,96	1824 1er trim.	0,76
2e »	1,04	2e »	0,70
3e »	1,06	3e »	0,78
4e »	1,20	4e »	0,94
1821. 1er trim.	1,12	1825. 1er trim.	0,96
2e »	1,06	2e »	1,00
3e »	1,08	3e »	0,90
4e »	1,06	4e »	1,02

(1) Lacunes dans les registres des hospices, pour trois années.

1826.	1ᵉʳ trim.	0,94 le kil.	1834.	1ᵉʳ trim.	0,96 le kil.
	2ᵉ »	0,92		2ᵉ »	1,00
	3ᵉ »	0,88		3ᵉ »	1,02
	4ᵉ »	1,04		4ᵉ »	1,06
1827.	1ᵉʳ trim.	0,96	1835.	1ᵉʳ trim.	0,96
	2ᵉ »	0,96		2ᵉ »	0,90
	3ᵉ »	1,00		3ᵉ »	0,80
	4ᵉ »	1,10		4ᵉ »	1,02
1828.	1ᵉʳ trim.	0,98	1836.	1ᵉʳ trim.	0,90
	2ᵉ »	0,98		2ᵉ »	0,96
	3ᵉ »	1,00		3ᵉ »	1,06
	4ᵉ »	1,06		4ᵉ »	1,10
1829.	1ᵉʳ trim.	0,96	1837.	1ᵉʳ trim.	1,06
	2ᵉ »	1,00		2ᵉ »	1,00
	3ᵉ »	1,08		3ᵉ »	1,04
	4ᵉ »	1,10		4ᵉ »	1,10
1830.	1ᵉʳ trim.	0,98	1838	1ᵉʳ trim.	1,04
	2ᵉ »	1,04		2ᵉ »	1,00
	3ᵉ »	1,04		3ᵉ »	1,10
	4ᵉ »	1,10		4ᵉ »	1,20
1831.	1ᵉʳ trim.	0,96	1839.	1ᵉʳ trim,	1,07
	2ᵉ »	1,00		2ᵉ »	1,00
	3ᵉ »	1,04		3ᵉ »	1,06
	4ᵉ »	1,10		4ᵉ »	1,10
1832.	1ᵉʳ trim.	0,98	1840.	1ᵉʳ trim.	1,02
	2ᵉ »	1,04		2ᵉ »	1,04
	3ᵉ »	1,06		3ᵉ »	1,20
	4ᵉ »	1,10		3ᵉ »	1,20
1833.	1ᵉʳ trim.	0,98	1841.	1ᵉʳ trim.	1,06
	2ᵉ »	0,98		2ᵉ »	1,10
	3ᵉ »	1,10		3ᵉ »	1,12
	4ᵉ »	1,16		4ᵉ »	1,10

1842	1er trim.	1,10 le k.	1847.	1er trim.	1,16 le k.
	2e »	1,06		2e »	1,14
	3e »	1,08		3e »	1,06
	4e »	1,08		4e »	1,16
1843.	1er trim.	0,98	1848.	1er trim.	0,98
	2e »	0,86		2e »	1,04
	3e »	0,98		3e »	1,04
	4e »	0,98		4e »	1,04
1844.	1er trim.	0,92	1849.	1er trim.	0,98
	2e »	0,90		2e »	0,94
	3e »	0,90		3e »	0,98
	4e »	0,92		4e »	0,90
1845.	1er trim.	0,86	1850.	1er trim.	0,86
	2e »	0,86		2e »	0,88
	3e »	1,00		3e »	0,90
	4e »	1,02		4e »	0,80
1846.	1rr trim.	0,96	1851.	1er trim.	0,80
	2e »	0,94		2e »	0,74
	3e »	1,08		3e »	0,76
	4e »	1,16		4e »	0,72

(1)

A partir de 1849, le prix du suif a éprouvé, comme on le voit, un véritable avilissement dont il est difficile de prévoir le terme. Ce fait a eu de trop graves conséquences pour que nous ne cherchions pas à en pénétrer la cause.

Le suif est employé à bien des usages. Les deux plus importants sont l'éclairage et la fabrication du savon.

Les Anglais s'en servent pour tous les deux. Nous ne le consacrons qu'au premier. De là une grande différence dans les qualités qu'eux et nous, lui demandons.

---

(1) Observation générale. — Tous ces prix paraîtront faibles, comparés à ceux de Paris. A Rouen, les bouchers comprennent dans le suif les produits du dégraissage de la viande.

6

Pour nous, le meilleur est le plus dur, celui qui renferme le plus de stéarine et le moins d'oléine.

Pour eux, qui font une énorme consommation de savon mou, celui que nous repoussons est souvent le meilleur.

La Russie offre d'inépuisables ressources en suif aux nations qui en ont besoin. C'est sous la surveillance de l'administration que la préparation de cette denrée y a toujours lieu. Aucun baril ne sort de l'empire sans avoir reçu une empreinte appelée *Brack*, dont le frappent, après vérification, des préposés appelés *Brackeurs*.

La bonté du conditionnement des suifs de Russie leur a assuré les préférences du commerce.

Voici l'ordre dans lequel ils doivent être rangés sous le rapport de la richesse en stéarine :

En première ligne, les suifs de l'Ukraine.

Ceux de Saint-Pétersbourg.

Ceux de Moscovie ou de Moscou.

Ceux d'Odessa.

Je n'ai pas besoin de faire remarquer que ces noms indiquent plutôt les lieux où le commerce les prend, que ceux d'où ils proviennent.

Les suifs de la Plata sont les plus riches en stéarine que l'on connaisse ; mais ils sont souvent falsifiés et mélangés avec des graisses de toute sorte d'animaux.

Bien moins riches que ceux-ci, les suifs des Etats-Unis présentent souvent les mêmes caractères de falsification.

L'Australie envoie, en ce moment, à sa mère patrie, d'énormes quantités de cette substance qui, d'après les conditions dans lesquelles nous savons que vivent les animaux qui les fournissent, ne peuvent manquer de présenter de fortes proportions de stéarine et de margarine.

Contre tous ces suifs exotiques, notre production indigène s'est trouvée protégée, jusqu'au mois de mars dernier, par un droit de 15 et de 18 fr. par 100 kil., qui,

augmenté des droits d'octroi, ne permettait de les livrer
à la consommation que lorsque le prix du suif était supérieur à 1 fr. le kil.

Leur concurrence ne paraît pas avoir été complètement
étrangère à la baisse de 1849. Mais la baisse une fois déterminée, on ne peut les rendre responsables de sa continuation,
attendu que la limite de 1 fr. n'a pas encore été atteinte.

On a cherché à expliquer la dépréciation par l'extension
donnée à la consommation du gaz hydrogène et des huiles
à brûler ; mais rien n'indique que cette consommation ait
fait des progrès depuis 1849, par une réduction sensible
dans la consommation de la chandelle. Le fait est constant.
Mais suffit-il pour l'expliquer ?

La fabrication de l'acide stéarique n'a-t-elle pas ouvert
au suif un large, un immense débouché ? Si, sous forme de
chandelle on en brûle moins, n'en brûle-t-on pas davantage sous forme de bougie ? Ce dernier mode d'éclairage
n'a-t-il pas été adopté par les ménages les plus modestes ?
ne s'est-il pas propagé dans toute la France ?...

Sans doute, quand le suif a été dépouillé de son oléine et
converti en bougie, il brûle moins rapidement ; mais la lenteur de sa combustion n'est-elle pas compensée par le déchet de 50 p. 0/0 qu'il éprouve, avant d'être amené à cet état?

Quelques personnes mal informées ont cru voir un con-
current dangereux pour lui dans le *blanc de baleine*. Le
prix de revient de cette substance ne permet plus de l'employer à l'éclairage, et, malgré les pompeuses annonces de
certains marchands de la capitale, les prétendues bougies
de blanc de baleine n'en contiennent pas un atôme.

Il faut donc chercher ailleurs la raison de l'avilissement
de son prix. La véritable cause, c'est la concurrence que lui
font certains produits de l'abattage des animaux, autrefois délaissés par les fabricants d'acide stéarique, qui n'employaient que du suif de première qualité.

Habitués que nous sommes à la recherche qu'apportent les peuples civilisés dans le choix et la préparation de leurs aliments, nous ne nous préoccupons pas de ce qu'elle coûte. Ces viandes tendres et succulentes que seules nous admettons sur nos tables, on ne nous les sert qu'après les avoir dépouillées des couches épaisses de graisse qui les recouvraient et les pénétraient. L'opération du dégraissage occasionne un déchet considérable, déchet d'autant plus grand que les animaux sont plus fins et plus jeunes. Les graisses qui en proviennent ne sont pas du suif, elles en contiennent bien les éléments, mais dans de tout autres proportions. Il y a quelques années, leur prix n'en permettait pas l'emploi pour la fabrication des bougies ; mais aujourd'hui qu'elles sont descendues à des prix inconnus autrefois, on a pu leur demander les faibles portions de stéarine et de margarine qu'elles renfermaient, et produire, par exemple, des bougies d'une éclatante blancheur avec de l'axonge ou de la graisse de porc, bien que l'axonge ne donne que 38 p. 0/0 de ces substances, tandis que le suif de mouton en donne 80.

Les arts ont su tirer parti des déchets si considérables que présente leur emploi. On élève en ce moment, à Paris, m'a-t-on assuré, un établissement où ils seront transformés en bougies de très médiocre qualité.

Comme si ce n'était pas assez de cette cause de dépréciation, un produit exotique est venu faire ou préparer une concurrence bien plus redoutable encore à nos suifs indigènes.

La nature, qui s'est montrée si sévère pour l'homme dans cette partie du continent africain qu'arrosent le Sénégal et le Niger, y a prodigué ses faveurs au règne végétal. En même temps qu'elle y faisait croître le gigantesque baobab, ce roi de la végétation, devant lequel le voyageur est tenté de s'incliner, elle y donnait aux plus modestes plantes, aux plus vulgaires arbustes, laissés à l'état sauvage, les plus précieuses et les plus mystérieuses propriétés. Creuser un trou peu profond dans la terre et y déposer un peu de semence, voilà toute la culture que le nègre donne à l'arachide. Nous ne retracerons point ici les moyens employés pour extraire l'huile de Palme et celle de Touloucouna ; mais ce que nous dirons, c'est qu'elles contiennent plus de 60 p. 100 de margarine ; c'est que les côtes occidentales de l'Afrique versent incessamment, en Angleterre et en France, des quantités de plus en plus considérables de la première de ces huiles ; c'est que, partout, elle lutte avec les produits indigènes.

Consacrée d'abord, en Angleterre, à la fabrication du savon, puis à la préparation de la graisse jaune, elle a fini par être employée pour l'éclairage. Au moyen d'un courant de vapeur, dont on élève la chaleur à plus de trois cents degrés, en la mettant en contact avec un bain de plomb en fusion, on est parvenu à en extraire la margarine. Puis, cette margarine a été condensée en bougies aussi blanches, aussi éclatantes que celles obtenues du plus beau suif. Elles leur sont inférieures, il est vrai, puisque, ne contenant pas de stéarine, elles se fondent en été. Le même procédé a été employé pour la distillation des graisses animales les plus dédaignées, pour recueillir, par exemple, ces petites paillettes jaunes et huileuses que nous voyons surnager dans l'eau où l'on a lavé des laines en suint. Le produit de ces graisses et celui de l'huile de palme ont été associés, et l'on est parvenu à fabriquer des bougies de toutes pièces qui, à raison de leur bon marché, ont obtenu les préférences d'une partie des consommateurs.

Comment, en présence de ces faits, ne pas être porté à penser que la production du suif a égalé, chez nous, si elle n'a dépassé, les besoins de la consommation, et qu'au lieu de demander annuellement aux étrangers 16,000,000 de kil. (on m'a assuré que c'était à ce chiffre que s'élevaient les besoins de notre industrie), c'est nous qui devons désormais chercher à leur en vendre.

A leur en vendre ! mais partout , autour de nous , ce produit n'est-il pas déprécié ? L'irruption des suifs de l'Australie sur le marché de Londres n'y a-t-elle pas, à une époque récente, dérangé toutes les combinaisons, et compromis les relations de la Grande-Bretagne avec la Russie ?

Qui le croirait cependant ? C'est au milieu de ces circonstances que, le 5 mars dernier, sur un rapport de M. le ministre de l'intérieur , de l'*agriculture* et du commerce , un décret présidentiel a abaissé le droit sur les suifs exotiques apportés par navires français, à 6 fr. pour ceux provenant d'au-delà du cap Horn et de Bonne-Espérance, et à 10 fr. pour tous les autres, et réduit à 13 fr. le droit sur les suifs apportés par navires étrangers.

Non contents de cette première concession, les fabricants de stéarine font circuler, en ce moment, une pétition pour demander que, au moyen de la réduction du droit à 3 fr., nos frontières soient désormais ouvertes à tous les suifs exotiques dont j'ai donné le dénombrement.

Ici, les réflexions les plus amères se présentent à la pensée. Pourquoi, avant de prendre la mesure, le Gouvernement n'a-t-il pas consulté le passé ? Il lui aurait appris quelles conséquences funestes elle ne pouvait manquer d'avoir pour l'agriculture. Ce n'est point *à la légère*, c'est après une expérience de *sept années* que le législateur frappa , par la loi du 27 juillet 1822 , les suifs exotiques des droits de 15 et de 18 fr. Les suifs ayant éprouvé, à l'intérieur, un renchérissement progressif, on crut pouvoir réduire, par la loi du 10 juillet 1836, les droits à 10 et à 13. Une nouvelle expérience ayant prouvé combien la réduction était dommageable pour l'agriculture, combien elle allait à l'encontre du grand but qu'on se proposait , celui du *bon marché de la viande*, on rétablit les droits à 15 et à 18 fr. par la loi du 9 juillet 1845, et c'est au moment où les suifs éprouvent un avilissement dont il y a peu d'exemple depuis le commencement du siècle, qu'on reprend une mesure condamnée par trente-sept années d'expérience. Que dire encore des pétitionnaires parisiens ? N'est-il pas évident qu'à leurs yeux, l'agriculture française est comme cet humble et faible arbrisseau auquel Jean-Jacques compare l'homme, dans l'une de ses plus éloquentes pages, comme cet arbrisseau placé au bord de la grande route, que l'insecte et la poussière dévorent, que l'enfant mutile, que le passant peut impunément briser?

Je comprends sous le nom d'*issues* les viscères des animaux, leurs têtes et leurs pieds. Les bouchers, au lieu de les livrer, comme à Paris et à Lyon, à une classe spéciale d'industriels, en tirent parti eux-mêmes, ou les vendent aux charcutiers, qui les nettoient et les préparent dans l'intérieur de l'abattoir.

54. Petites issues ou abats.

Dans un écrit rédigé sous leur inspiration (1), on évalue à 18 fr. les issues du bœuf, à 8 fr. 70 c. celles du veau, à 1 fr. 30 c. celles du mouton.

Le compte détaillé que m'a communiqué M. le directeur de l'octroi, donne des prix plus élevés. Le voici :

Issues du bœuf.		Issues du veau.		Issues du mouton.	
Tête.	3f »	Tête . .	2f 25	Tête . .	0f 40
Langue	2 60	Fraise.	2 25	Courée.	0 70
Foie	5 40	Courée.	1 30	Panse. .	1 20
Pieds	2 »	Riz . . .	1 50	Rognons	0 40
Rognons et cœur..	2 »	Pieds .	1 »	Pieds..	0 20
Panses et tripes..	8 »	Foie . .	1 20		2f 90
	23f »		9f 50		

(1) *La Vérité sur la Boucherie de Rouen*, p. 13 et suiv.

Pour éclairer mon choix, je n'ai point recouru à une enquête qui, probablement, m'eût éloigné de la vérité, au lieu de m'en rapprocher; j'ai consulté les registres des hospices. Pendant les dix-sept premières années du siècle, ils ont toujours vendu leurs issues le même prix, 40 cent. le kilogramme.

Si la valeur n'en a pas augmenté, elle n'a pas diminué. On peut la considérer comme stationnaire.

Voici le poids des diverses issues, tel qu'il m'a été fourni par M. le directeur de l'abattoir.

Poids des issues du bœuf.	Poids des issues du veau.	Poids des issues du mouton.
Les quatre estomacs et les intestins .. 23 k.	Estom., etc. 3 k.	Estom., etc. 1 k. 50
Foie, etc........ 6	Foie, etc.. 2	Foie, etc... 1
Tête 10	Pieds..... 4	Tête et pieds 3
Pieds.......... 15	Tête...... 5	————
	Ris....... 1 50	5 k. 50
————	————	
56 k.	15 50	

En multipliant les totaux par 40 cent., on obtient les chiffres de 22 fr. 40 c. pour les premières, de 6 fr. 20 c. pour les secondes, de 2 fr. 20 c. pour les troisièmes.

Comme il est devenu notoire pour moi que les hospices tiraient un moins bon parti de leurs produits que les bouchers, je crois pouvoir, sans difficulté, admettre les évaluations de M le directeur de l'octroi.

Les chiffres que je viens de donner diffèrent singulièrement de ceux fournis, pour Paris, à la commission d'enquête de l'Assemblée législative. (Etat n° 2 *Rapp. de M. Lanjuinais*, p. LXXI et p. 313-318 du 1er volume de l'Enquête.) Le poids des issues ou abats y a été fixé par l'administration de l'octroi, d'accord avec les bouchers, à 9 kil. pour les bœufs, à 6 kil. pour les vaches, à 11 kil.

pour les veaux, à 2 kil. et demi pour les moutons. Les
prix déclarés sont de 9 à 7 fr. pour les issues du bœuf, de
6 fr. 25 c. pour celles du veau de première qualité, et de
75 c. pour celles du mouton. Je n'ai pu m'expliquer cette différence qu'en me rappelant que nous comprenons, à Rouen,
sous le nom d'*issues*, certaines parties de l'animal que les
bouchers de la capitale ne livrent point aux tripiers, et
en supposant que l'administration, dans la détermination du poids, n'avait tenu compte que de la quantité de
viande que les abats représentaient. Toute cette partie de
l'enquête laisse beaucoup à désirer sous le rapport de
l'exactitude et de la précision

Chez le bœuf d'herbe, les intestins sont beaucoup plus
lourds et plus développés que chez le bœuf d'étable.

Ce n'est qu'à partir de 1828, que les abats et issues provenant du dehors ont été soumis chez nous à un droit
spécial. Auparavant, étaient-ils imposés comme viande à la
main, ou bien entraient-ils francs de tout droit ? Je n'ai pu
éclaircir ce point J'ai donné leur chiffre à partir de 1826 ;
mais je me suis bien gardé de le confondre avec le chiffre
total de la viande, comme l'a fait l'administration municipale de Paris, dans ses tableaux ; et cela, par une
raison sans réplique. Lorsqu'on écrit sur une science,
il faut en parler le langage. Or, dans la langue des économistes et des statisticiens, les abats et issues n'ont
jamais été confondus avec la viande proprement dite.
Sans doute ils rendent de grands services à l'alimentation,
mais ils ne sont pas de la viande. Pour comparer des quantités, il faut que ces quantités soient tout-à-fait homo-
gènes. Or, comment l'administration municipale de Paris
veut-elle que l'on compare les chiffres qu'elle nous donne,
pour la consommation actuelle, avec les chiffres de 1791;
alors qu'il est constant que les chiffres de 1791 ne compre-
naient pas les abats.

35. Sang du bœuf, du veau et du mouton.

Le sang des bœufs, des moutons et des veaux est employé, à Rouen, par les raffineurs et les teinturiers, et même, en hiver, par les charcutiers, dont quelques-uns le mêlent avec du sang de porc dans leurs préparations. M Girard, dans son *Traité d'Anatomie vétérinaire*, évalue à 32 kil. le sang fourni par un bœuf de forte taille. La moyenne obtenue des adultes de l'espèce bovine, abattus à Rouen depuis quelques années, est de 36 kil. ou de 36 litres. Après l'imparfaite séparation de la fibrine que les garçons bouchers opèrent, au moment où le sang est encore chaud, chaque litre pèse un kilogramme. Les raffineurs et les teinturiers paient le sang, depuis quinze ans, 3 fr. les 72 litres, les charcutiers, bien davantage. Ce produit, comme on le voit, a peu d'importance.

De 1800 à 1817, j'ai adopté les prix des hospices. Pour les années postérieures, j'ai pris la moyenne de 3 fr., encore bien que le sang se soit vendu un prix plus élevé, il y a vingt à trente ans.

A cette époque, teinturiers et raffineurs en employaient de beaucoup plus grandes quantités.

36. Issues et sang du porc.

Les issues du porc et son sang ont une grande valeur. Mais cette valeur, ils la doivent surtout aux manipulations que l'art du charcutier leur fait subir. Je n'ai point cherché à la déterminer. Cette détermination, fort difficile en elle-même, n'entrait pas dans mon plan. Je n'ai pas cherché davantage à évaluer les bénéfices des charcutiers depuis 1800. Ils n'ont pu manquer d'être fort considérables ; car, entre leurs mains, le prix de la chair du porc n'a point présenté les mêmes oscillations que le prix de la viande de boucherie proprement dite. Ils la vendaient 1 fr. 60 c. à 1 fr. 80 le kil., alors qu'elle ne valait, dans nos campagnes, que 70 et 80 c.

Depuis 1791 , la profession de boucher n'a pas cessé
d'être libre à Rouen. Nous avons vu qu'il y avait cent quarante-trois bouchers en 1808 et 1813. Au mois de mai 1851,
il n'y en avait plus que soixante-dix-sept. Le chiffre de
soixante-dix semble être devenu le chiffre normal. L'a-
baissement du prix de la viande sur pied détermine, de
temps en temps , l'ouverture de nouveaux étaux qui se re-
ferment aussitôt qu'ils montent. La réduction s'est opérée
d'elle-même et sans secousse. Un syndic, nommé par tous
les bouchers, est , auprès de l'administration , l'interprète
de leurs vœux et de leurs doléances. Plus d'une tentative a
été faite pour les organiser à l'instar de ceux de Paris.
L'administration a eu toujours la sagesse de s'y refuser.

Comme je l'ai déjà fait observer ailleurs, l'effet de la
concentration du commerce de la viande dans un petit
nombre de mains, devait être de rendre les bouchers maîtres des prix. Le seul moyen de combattre efficacement
cette tendance, eût été d'encourager la boucherie foraine,
cette rivale naturelle et légitime de la boucherie urbaine.
Pendant un très grand nombre d'années , on semble , au
contraire , avoir pris à tâche de l'entraver dans ses opérations. En l'an VIII, première année de l'établissement
de l'octroi, il était entré à Rouen 209,352 kil. de viande à
la main ou jambons. En l'an IX, il n'en entrait plus que
69,108 , et en l'an X que 37,785. Le droit d'entrée sur la
viande à la main , qui n'était , dans l'origine , que de
0,5 c. par kil. , était porté, en l'an IX, à 0,10. Depuis il
s'est accru de toutes les surtaxes et de tous les dixièmes
qui ont fatalement aggravé, dans notre ville, le poids de
l'octroi. Cette différence dans la taxation créait , au profit
de la boucherie urbaine , un véritable privilége , rendu
plus efficace par diverses obligations gênantes, imposées
aux bouchers du dehors, telles que celles de ne vendre que
par eux-mêmes, à certains jours , à certaines heures , de

57. Organisa-
tion de
la boucherie.

ne jamais porter à domicile la viande achetée à leur étal, d'être constamment approvisionnés des trois sortes de viande, bœuf, veau et mouton, et de subir le contrôle de leurs rivaux, pour ne pas dire de leurs ennemis.

Dans divers écrits publiés pour la boucherie de Rouen, on a singulièrement exagéré les bénéfices faits par les marchands de Routot. L'enquête à laquelle je me suis livré m'a convaincu qu'ils n'avaient pas gagné, en 1851, plus de 10 fr. par tête, tous frais faits, sur les bœufs d'été. Leur gain est plus considérable sur les bœufs d'hiver. Ils vont les chercher plus loin, et débattent leur prix avec des cultivateurs moins habiles et moins éclairés que les herbagers normands. A ce gain, quelques-uns ajoutent le profit de crédits ouverts à certains bouchers. S'il en est parmi eux qui jouissent d'une notable aisance, ils la doivent à leurs pères, et l'ont, depuis dix ans, plutôt diminuée qu'augmentée.

Le nombre des charcutiers était, en 1851, de soixante-huit.

38. Prix du pain.

J'ai fait entrer dans mes tableaux le prix du pain de première qualité, le seul qui soit employé à Rouen, afin qu'on pût juger de l'influence exercée sur la consommation par la hausse ou la baisse des céréales. J'ai emprunté les moyennes, dont je me suis servi, à mon ancien collègue du conseil municipal, M. Curmer, qui les a établies sur les registres des mercuriales de l'Hôtel-de-Ville.

39. Poisson.

J'ai annoncé, en commençant, que mes recherches porteraient sur le poisson comme sur la viande. Cette seconde partie de ma tâche est loin d'avoir offert les mêmes difficultés que la première. Je n'ai eu qu'à transcrire les chiffres de l'octroi. Malheureusement, je n'ai pu remplir aucune des lacunes que ses bordereaux présentaient. Le droit sur le poisson frais *vendu à la criée*, se percevant à Rouen, comme dans presque toutes les villes, à raison de la valeur, et non du poids, je me suis contenté de donner en argent le montant des ventes de chaque année. Quelques écrivains ont cru pouvoir déterminer la *quantité* de poisson consommée en France. Je doute que cette détermination soit exacte.

Depuis l'année 1826, le droit sur le poisson *adressé aux particuliers*, se perçoit au contraire au poids. La quantité de poisson livrée ainsi à la consommation est peu considérable. En ce moment, elle n'atteint pas le chiffre de 2,000 kil. Pour éviter de présenter à l'appréciation de mes lecteurs deux éléments dissemblables, j'ai estimé un peu arbitrairement la valeur de ce poisson à 1 fr. le kil.; et j'en ai confondu le chiffre avec celui du poisson vendu à la halle.

Le droit sur les ventes à la criée est de 8 pour 100 auquel il faut ajouter 3 et 1/3 pour 100 de commission supporté par les envoyeurs, dont profite le commissionnaire vendeur.

A Paris, le droit sur la marée fine est de 10 pour 100 (1) sur la marée commune, de 6. Ces droits sont augmentés d'une commission d'environ 4 pour 100 payée aux facteurs, et supportée par les acheteurs. Le poisson d'eau douce ne paie que 5 pour 100, plus une commission.

Pour juger de la marche de la consommation, il fallait connaître les variations du prix du poisson. Malgré toute ma bonne volonté, je n'ai pu recueillir, sur ce point, que des renseignements vagues et sans précision.

---

(1) La sole est comprise dans la marée fine, ainsi que le saumon et la truite, l'alose, la barbue, le bar, l'éperlan, l'esturgeon, le surmulet et le turbot.

D'après ces renseignements, le prix des poissons très communs, qui n'entrent que dans l'alimentation du peuple, tels que les rousses, les chiens, les congres, n'aurait pas changé depuis 1800. Celui des poissons fins aurait augmenté, suivant les uns du tiers, suivant les autres de moitié. Au dire des commissionnaires, il n'aurait éprouvé, depuis quinze ans, aucune variation, si ce n'est dans les années exceptionnelles de 1848 et 1849.

La plus grande partie du poisson de mer consommé à Rouen, provient des côtes de la Somme, de la Seine-Inférieure et du Calvados, et lui est expédié des ports de Cayeux près d'Abbeville, du Tréport, de Dieppe et de Trouville.

Le saumon, confondu jusqu'en 1826 avec la marée, a été frappé, depuis cette époque, d'un droit plus élevé et a occupé, avec le coquillage, une place spéciale dans les registres de l'octroi. J'en ai donné le chiffre, mais je dois avertir que ce chiffre ne représente pas la totalité du saumon consommé à Rouen, attendu qu'indépendamment de celui qui est vendu à la halle, il en est livré à la consommation une certaine quantité par les marchands de comestibles qui les tirent directement des lieux de provenance ou de Paris. On ne le vend guère à la halle que pendant les mois de juin, de juillet et d'août, époque où on le pêche dans la Seine. Il n'y paraît dans les autres saisons que par exception, et alors il provient de la Loire et des petites rivières de Basse-Normandie et de Bretagne. Il devient de plus en plus rare, et son prix tend sans cesse à s'élever. Cette année, pendant les cinq premiers mois, si Paris n'en eût pas envoyé dans notre ville, elle en eût été complètement privée. J'ai cherché à pénétrer la cause de ce changement. Peut-être me saura-t-on gré de rendre compte ici du résultat de mes recherches.

Parlons d'abord des mœurs et des instincts de ce poisson.

Les régions froides paraissent être la véritable patrie du saumon. On le trouve en grande quantité dans tous les cours d'eau de la Suède, de la Norwège, de la Haute-Ecosse. Il est bien plus abondant encore dans ceux du Canada, du Labrador et des contrées qui forment ce que les anglais appellent le gouvernement de Terre-Neuve. Il y est pourvu d'une énorme quantité de graisse, qu'il perd en s'éloignant des latitudes septentrionales (1). C'est ce qui fait que certains gourmets préfèrent beaucoup celui qui est pêché dans les fleuves d'Espagne ou de France, à celui qu'on trouve en Norwège et en Ecosse.

Pour se livrer à la reproduction, il a besoin de la bienfaisante influence du printemps. Aussi ne le rencontre-t-on point dans les contrées désolées que la nature a condamnées à un éternel hiver. On ne le rencontre pas davantage dans les fleuves qui communiquent avec la Méditerranée.

Son apparition dans les fleuves de l'Europe méridionale, qui portent leurs eaux à l'Océan, coïncide toujours avec la cessation des gelées et le retour du printemps. Ainsi, il se montre plutôt dans le Tage que dans le Bidassoa et l'Adour, plutôt dans l'Adour que dans la Dordogne, la Vienne et la Loire. Il ne paraît dans la Seine que fort tard et presqu'en été.

A la fin de janvier et au mois de février, il est extrêmement abondant dans l'Adour. Bayonne est la seule ville du littoral où j'aie eu occasion de constater, mais pendant quinze jours ou trois semaines seulement, l'un de ces prix qui nous ont été transmis par la tradition et que leur modicité nous fait paraître fabuleux.

40. Détails sur le saumon.

---

(1) Il doit y gagner sous le rapport du goût. J'ai toujours remarqué que la truite prise dans les gaves des Hautes-Pyrénées, avait infiniment moins de saveur et de qualité; que lorsqu'on la pêchait dans les cours d'eau exposés à l'action des rayons solaires, telles que l'Ain, la Sorgue et la Charente.

220 saumons ont figuré au banquet offert , par l'armée , au Président de la République, au mois de mai dernier. Le plus grand nombre venaient de Bayonne. Ils avaient été saupoudrés de charbon et enveloppés de papier ; grâce à cette précaution ils étaient arrivés à Paris parfaitement conservés.

Jadis , les marchands de comestibles de Rouen tiraient , en hiver et au printemps , le saumon qu'ils livraient à la consommation, des fleuves du sud-est de la France , par la voie de Libourne. Une cause toute spéciale , les gelées du printemps , qui ont retardé la monte, a pu contribuer à la disette de 1852. Mais une cause générale a dû amener la rareté dont on se plaint à Rouen depuis plusieurs années.

C'est la concentration de toutes les ressources , sinon alimentaires, du moins gastronomiques, à Paris, par l'établissement des chemins de fer. Les effets de cette concentration ont encore été augmentés par une mesure habile qu'a prise l'administration municipale de cette ville.

Autrefois, l'on vendait peu de saumon à la halle. Les marchands de comestibles le tiraient directement des lieux de provenance.

Pour faire cesser cet état de choses, l'administration a tellement élevé les droits sur le poisson envoyé aux particuliers, que les marchands ont pris le parti de faire adresser aux facteurs de la halle tous les poissons qu'ils recevaient auparavant sans intermédiaire , jusqu'à *ces silures de la Hongrie , ces grandes lottes de la Sprée , ces truites saumonées de Glascow*, que nous voyons figurer dans leur étalage.

A compter de ce jour là, la halle de Paris est devenue un grand centre vers lequel ont convergé , non-seulement les envois des pourvoyeurs français les plus éloignés, mais ceux des pourvoyeurs étrangers. L'Ecosse , la Hollande, la Prusse rhénane surtout, sont venues combler les lacunes que présentait la pêche du saumon dans nos grands fleuves. Cet hiver, dans un moment où le froid régnait dans le sud-est de la France, des bateaux à vapeur étaient employés à briser les glaces du Rhin aux environs de Wesel, et l'on y réalisait des pêches miraculeuses, bien propres à rassurer les parisiens contre les craintes d'une disette.

Ce fait, pour le dire en passant, prouve qu'il y a quelque chose de trop absolu dans ce que disent la plupart des naturalistes, qu'en automne le saumon quitte les fleuves *pour s'enfoncer dans les profondeurs de la mer.* On le pêche en toute saison dans quelques rivières d'Ecosse.

C'est la Loire qui fournit le plus à l'approvisionnement normal et régulier de la capitale. Le saumon qu'on y pêche est le plus estimé de tous les saumons français. Celui des rivières de Bretagne est placé, par les amateurs de Paris, au dernier degré de l'échelle.

Rouen ne peut avoir la prétention de lutter avec Paris. Mais peut-être qu'une réduction de droits et quelques facilités accordées aux marchands, en leur permettant de renouer des relations avec les pourvoyeurs du midi, feraient cesser un état de choses où, pendant sept à huit mois, ses habitants ne peuvent se procurer du saumon qu'à la condition de payer à l'octroi ou aux facteurs des deux villes près de 25 p. 0/0 de sa valeur.

La consommation du poisson salé à Rouen est considérable. Je n'ai fait figurer dans mon tableau la morue et le hareng qu'à partir de 1807 et de 1808, les indications fournies par les bordereaux, pour les années précédentes, ne m'ayant pas paru assez claires. Pour la morue, je n'ai pu aller au-delà de 1831, ce poisson ayant cessé, en 1832, d'être atteint par l'octroi.

41. Consommation du poisson salé.

7

SECTION DEUXIÈME.

État de la consommation de la viande à Rouen depuis 1800 jusqu'à 1851. — Étude des circonstances qui ont ralenti ou accéléré sa marche.

On trouvera le résumé de cet état à la page 113.

PREMIÈRE ÉPOQUE. — 1800 à 1807. — PRIX DE LA VIANDE AU DÉTAIL. — 1 FRANC LE KILOGRAMME.

ANNÉE	DÉSIGNATION.	NOMBRE.	POIDS moyen, net.	QUANTITÉ de chaque espèce de viande, obtenue par la multiplication des nombres par les poids moyens.	TOTAL des trois viandes, bœuf ou vache, veau et moutons et cochons à Rouen.	PROPORTION de chaque viande, relative au total de viande à Rouen.	TOTAL des viandes obtenues en y comprenant la viande de ces trois introduites à Rouen.	PROPORTION de la viande de ces trois espèces dans la consommation générale.	POPULATION du Rouen.	CONSOMMATION par tête.	MONTANT des deniers d'octroi par tête.	PRIX MOYEN du kilog. de pain de première qualité.
800	Bœufs.	1,200	265 k	318,000 k							15 f. par tête.	cent.
	Vaches.	6,491	220	1,428,020							7 . »	
	Veaux.	9,340	60	560,400	2,714,570	0.08	3,374,496	0.14	80,000 h.	42 k. 18	12 . »	0.28 10
	Moutons.	16,398	75	468,150		0.30					2 . 40	
	Porcs.	3,654	125	463,000		0.15					0 . 05	
	Cochons de lait.	3,600 *	12	36,000							0 . 10	
	Viande dépecée et jambons.	170,398 k										
801	Bœufs.	1,675	265	443,875							20 . »	
	Vaches.	7,118	220	1,557,420		0.66					12 . »	
	Veaux.	9,737	60	584,420	3,096,490	0.19	3,713,020	0.15	81,466	45 73	2 . 40	0.35 29
	Moutons.	19,187	25	479,675		0.15					2 . 30	
	Porcs.	4,192	125	494,000							1 . 75	
	Cochons de lait.	3,000	12	36,000							0 . 10	
	Viande dépecée et jambons.	60,430 k *										
802	Bœufs.	1,880	265	498,200							20 . »	
	Vaches.	7,116	220	1,565,300		0.67					12 . »	
	Veaux.	10,297	60	617,850	3,130,345	0.19	3,775,165	0.15	82,337	45 85	2 . 30	0.43 30
	Moutons.	18,177	25	454,425		0.14					2 . 39	
	Porcs.	4,488	125	501,000							1 . 75	
	Cochons de lait.	3,000	12	36,000							0 . 10	
	Viande dépecée et jambons.	41,920 k *										

ANNÉE	DÉSIGNATION.	NOMBRE.	POIDS moyen, net.	QUANTITÉ de chaque espèce de viande.	TOTAL des trois viandes.	PROPORTION.	TOTAL des viandes introduites à Rouen.	PROPORTION.	POPULATION du Rouen.	CONSOMMATION par tête.	MONTANT des deniers d'octroi par tête.	PRIX MOYEN du kilog.
803	Bœufs.	1,738	265	460,570							20 . »	
	Vaches.	6,420	220	1,412,400		0.65					12 . »	
	Veaux.	10,318	60	619,080	2,930,775	0.20	3,585,373	0.16	83,498	42 93	2 . 25	0.30 »
	Moutons.	17,549	25	438,725		0.14					4 . »	
	Porcs.	4,533	125	566,625							0 . 10	
	Cochons de lait.	3,000	12	36,000								
	Viande dépecée et jambons.	31,975 k *										
804	Bœufs.	1,915	265	507,475							24 . »	
	Vaches.	6,284	220	1,382,480		0.65					19 . 20	
	Veaux.	9,802	60	588,130	2,928,535	0.20	3,534,604	0.16	84,464	41 73	1 . 20	0.25 49
	Moutons.	18,016	25	450,400		0.15					4 . 80	
	Porcs.	4,199	125	524,875							0 . 12	
	Cochons de lait.	3,000	12	36,000								
	Viande dépecée et jambons.	43,494 k *										
805	Bœufs.	1,780	265	471,700							25 . »	
	Vaches.	7,254	220	1,595,880		0.68					19 . 20	
	Veaux.	9,046	60	542,760	3,107,390	0.17	3,487,498	0.14	85,830	42 90	2 . 30	0.33 71
	Moutons.	19,883	25	497,090		0.15					4 . 80	
	Porcs.	3,966	125	495,000							0 . 12	
	Cochons de lait.	3,000	12	36,000								
	Viande dépecée et jambons.	43,108 k *										
806	Bœufs.	1,752	265	464,280							24 . »	
	Vaches.	6,565	220	1,444,300		0.67					19 . 20	
	Veaux.	8,992	60	539,580	2,906,360	0.18	3,477,649	0.15	87,060	39 97	2 . 30	0.30 87
	Moutons.	16,538	25	414,000		0.15					4 . 80	
	Porcs.	4,013	125	501,655							0 . 12	
	Cochons de lait.	3,000	12	36,000								
	Viande dépecée et jambons.	35,664 k *										

* J'ai cru pouvoir fixer à 3,000 le nombre des cochons de lait, pour les neuf premières années du siècle; ils n'ont figuré dans les registres de l'octroi que depuis 1808.

Ce n'est qu'en 1832 que la charcuterie a été frappée d'un droit plus élevé que les autres viandes dépecées et à côté, un chiffre spécial dans les registres de l'octroi. Ne voulant rien livrer à aucune évaluation arbitraire, je n'en ai pas tenu compte dans la fixation de la proportion de la viande de porc dans la consommation générale. Cette observation s'applique aussi bien aux années postérieures à 1832 qu'à celles qui lui sont antérieures. Le chiffre, par dessus tout, les nombres fractionnaires j'ai opéré de la même manière pour toutes les années. Voici comment je m'y suis pris: j'ai cherché à éviter, par dessus tout, les nombres fractionnaires qui se présentaient; j'ai ensuite fixé celui du mouton, en négligeant également les fractions, et j'ai fait profiter la viande de bœuf ou de vache de ces différentes fractions. Il en résulte que le chiffre que j'ai indiqué est un peu plus fort que le réel; mais cette dernière viande est un peu plus fort que le réel; mais cette dernière viande est un peu plus forte proportion de cette viande dans la consommation générale. Je ne pouvais faire autrement sans hérisser mon travail et série de chiffres qui l'auraient rendu inabordable.

SUITE DE LA PREMIÈRE ÉPOQUE. — 1800 A 1807. — PRIX DE LA VIANDE AU DÉTAIL. — 1 FRANC LE KILOGRAMME.

ANNÉES	DÉSIGNATION	NOMBRE	POIDS moyen net	QUANTITÉ de chaque espèce de viande	TOTAL des trois viandes	PROPORTION respective	TOTAL des viandes abattues par les intéressés	PROPORTION de la viande de porc	POPULATION générale de Reims	CONSOMMATION par tête	MONTANT des droits d'octroi	PRIX MOYEN du kilog. de pain de première qualité
1807	Bœufs	2,362	265 k	599,430 k		0.67					34."	
	Vaches	7,045	220	1,549,900		0.18					19.20	
	Veaux	9,942	60	596,490	3,287,335	0.15	3,953,289	0.16	87,000 h.	45k 42	3."	0.22 03
	Moutons	20,860	25	521,475							4.80	
	Porcs	4,961	125	620,125							0.12	
	Cochons de lait	3,000	12	36,000								
	Viande dépecée et jambons	28,893 k										

DEUXIÈME ÉPOQUE. — 1808 A 1825. — PRIX DE LA VIANDE AU DÉTAIL. — 1 FR. 10 CENT. LE KILOGRAMME.

ANNÉES	DÉSIGNATION	NOMBRE	POIDS moyen net	QUANTITÉ	TOTAL des trois viandes	PROPORTION respective	TOTAL des viandes abattues par les intéressés	PROPORTION viande de porc	POPULATION	CONSOMMATION par tête	MONTANT des droits d'octroi	PRIX MOYEN du kilog. de pain
1808	Bœufs	3,303	265	875,295		0.66					30."	
	Vaches	5,328	220	1,172,160		0.19					26.25	
	Veaux	10,107	60	606,420	3,140,175	0.15	3,786,194	0.16	87,000	43 28	4."	0.18 06
	Moutons	19,452	25	486,300							7.50	
	Porcs	4,937	135	667,115							0.50	
	Cochons de lait	3,000	12	36,000							0.20	
	Viande dépecée et jambons	22,804 k										
1809	Bœufs	3,573	265	946,845		0.67					29.70	
	Vaches	5,226	220	1,149,720		0.18					27."	
	Veaux	9,607	60	581,910	3,151,585	0.15	3,745,539	0.15	87,000	43 65	4.05	0.25 43
	Moutons	18,928	25	473,200							2.30	
	Porcs	4,363	135	544,135							0.55	
	Cochons de lait	2,966	12	35,592							0.30	
	Viande dépecée et jambons	14,337 k										

PRIX DE LA VIANDE AU DÉTAIL. — 1 FR. 10 CENT. LE KILOGRAMME.

ANNÉES	DÉSIGNATION	NOMBRE	POIDS moyen net	QUANTITÉ	TOTAL des trois viandes	PROPORTION respective	TOTAL des viandes abattues par les intéressés	PROPORTION viande de porc	POPULATION	CONSOMMATION par tête	MONTANT des droits d'octroi	PRIX MOYEN du kilog. de pain
1810	Bœufs	4,319	265	1,144,235		0.68					29.70	
	Vaches	4,739	220	1,046,080		0.17					27."	
	Veaux	9,575	60	574,500	3,275,985	0.15	3,994,684	0.16	87,000	45 45	4."	0.32 47
	Moutons	20,398	25	509,950							7."	
	Porcs	4,886	135	610,720							0.55	
	Cochons de lait	4,064	12	48,768							0.20	
1811	Bœufs	3,730	265	733,850		0.67					29.70	
	Vaches	5,292	220	1,164,240		0.18					27."	
	Veaux	8,634	60	518,040	2,834,080	0.15	3,467,376	0.17	87,000	39 68	4.05	0.37 52
	Moutons	17,194	25	429,850							7.50	
	Porcs	4,284	135	535,500							0.35	
	Cochons de lait	5,233	12	62,796							0.20	
	Viande dépecée et jambons	20,000 k										
1812	Bœufs	3,374	265	894,110		0.67					29.70	
	Vaches	5,034	220	1,107,480		0.17					27."	
	Veaux	8,650	60	521,400	3,022,315	0.16	3,601,873	0.16	87,000	41 40	4.05	0.60 36
	Moutons	19,973	25	499,325							7.30	
	Porcs	4,718	135	537,350							0.55	
	Cochons de lait	2,956	12	32,508							0.30	
	Viande dépecée et jambons	20,000 k										
1813	Bœufs	2,602	265	765,630		0.66					29.70	
	Vaches	5,168	220	1,136,960		0.18					27."	
	Veaux	8,026	60	481,560	2,842,770	0.16	3,380,320	0.15	87,000	38 97	4.05	0.40 95
	Moutons	18,580	25	464,500							7."	
	Porcs	3,870	135	483,750							0.55	
	Cochons de lait	3,000	12	36,000							0.30	
	Viande dépecée et jambons	15,000 k										
1814	Bœufs	2,137	225	604,355		0.71					30."	
	Vaches	5,855	200	1,474,390		0.13					27."	
	Veaux	7,837	60	484,390	3,096,343	0.16	3,685,351	0.13	87,000	41 21	4."	0.39 14
	Moutons	17,692	75								7.30	
	Porcs	4,170	110	417,300							0.40	
	Cochons de lait	2,885		158,790							0.20	
	Viande dépecée et jambons	9,486 k		30,850								

SUITE DE LA DEUXIÈME ÉPOQUE. — 1808 A 1825. — PRIX DE LA VIANDE AU DÉTAIL. — 1 FR. 10 CENT. LE KILOGRAMME.

DÉSIGNATION	NOMBRE.	POIDS moyen net.	QUANTITÉ de chaque espèce en multiplication des nombres par les poids moyens.	TOTAL des trois sortes de viande, bœuf ou vache, veau et mouton, abattus à Rouen.	PROPORTION des trois sortes de viande portée au 100°	TOTAL des espèces abattues ou attendues à Rouen.	PROPORTION générale de la viande de porc dans la consommation à Rouen.	POPULATION de Rouen.	CONSOMMATION par tête.	MONTANT des droits d'octroi	PRIX MOYEN du kilog. de première qualité.
Bœufs........	3,140	325 k.	1,020,500 k.*		0.69				30..		
Vaches.......	5,170	280	1,344,200		0.15				27..		
Veaux........	9,045	90	814,200		0.16				4..		cent.
Moutons......	22,710	25	567,750	3,475,150	"	4,137,470	0.15	87,000 h. 473.55	2.50	0.29 58
Porcs........	5,613	110	617,230		"				0.50	
Cochons de lait..	3,000	10	30,000		"				0.20	
Viande dépecée et jambons.	3,000 k.*	"								
Bœufs........	4,658	325	1,513,850		0.71				30..	
Vaches.......	4,092	260	1,064,170		0.15				27..	
Veaux........	9,579	60	574,740	3,678,435	0.14	4,223,943	0.14	87,000 49 70	4..	" " 0.47 62
Moutons......	21,349	25	533,725		"				2.50	
Porcs........	5,880	110	483,000		"				0.50	
Cochons de lait..	4,643	10	46,430		"				0.20	
Viande dépecée et jambons.	14,018 k.*	"								
Bœufs........	3,519	325	1,273,675		0.71				30..	
Vaches.......	2,946	260	765,960		0.15				27..	
Veaux........	7,250	60	435,000	2,935,685	0.14	3,334,105	0.14	87,000 28 20	4..	" " 0.61 85
Moutons......	17,138	25	428,450		"				2.60	
Porcs........	3,422	110	376,420		"				0.40	
Cochons de lait..	"	10	"		"				0.30	
Viande dépecée et jambons.	12,000 k.*	"								
Bœufs........	4,063	325	1,320,475		0.68				30..	
Vaches.......	2,419	260	628,940		0.17				27..	
Veaux........	8,479	60	508,740	2,923,180	0.14	3,277,811	0.10	87,000 37 67	4..	" " 0.46 62
Moutons......	16,481	25	412,025		"				2.50	
Porcs........	3,041	110	334,510		"				0.50	
Cochons de lait..	714	10	7,140		"				0.20	
Viande dépecée et jambons.	13,981 k.*	"								

	NOMBRE.	POIDS	QUANTITÉ	TOTAL	PROPORTION	TOTAL	PROPORTION	POPULATION	CONSOMMATION	MONTANT	PRIX MOYEN
Bœuf........	5,391	325	1,752,075		0.69				30..		
Vaches.......	3,217	260	836,420		0.16				4..		
1819 Veaux.......	10,141	60	608,700	3,796,845	0.15	4,318,373	0.11	87,200 49 63	2.50		0.30 08
Moutons......	23,986	25	599,650		"				0.50		
Porcs........	4,453	110	489,830		"				0.20		
Viande dépecée et jambons.	19,488 k.*	10	13,210								
Bœufs........	6,336	325	2,059,200		0.69				30..		
Vaches.......	2,362	260	614,130		0.16				27..		
1820 Veaux.......	10,131	60	607,860	3,877,105	0.15	4,491,853	0.13	87,000 51 63	4..		9.35 56
Moutons......	33,839	25	395,975		"				2.50		
Porcs........	5,160	110	567,600		"				0.50		
Viande dépecée et jambons.	21,538 k.*	10	70,800								
Bœufs........	6,657	325	2,171,375		0.68				30..		
Vaches.......	2,376	260	617,760		0.16				27..		
1821 Veaux.......	10,886	60	653,780	4,087,840	0.14	4,800,175	0.14	87,000 53 34	4..		0.33 82
Moutons......	27,011	25	675,235		"				2.50		
Porcs........	6,212	110	683,230		"				0.50		
Cochons de lait..	3,760	10	37,600		"				0.20		
Viande dépecée et jambons.	17,965 k.*										
Bœufs........	6,119	325	1,988,675		0.68				30..		
Vaches.......	2,714	260	695,880		0.16				27..		
1822 Veaux.......	10,500	60	630,000	3,864,685	0.16	4,493,689	0.13	87,600 54 28	4..		0.28 10
Moutons......	25,870	25	646,750		"				2.50		
Porcs........	5,338	110	587,380		"				1.10		
Cochons de lait..	2,738	10	27,380		"				0.30		
Viande dépecée et jambons.	16,804 k.*										
Abats ou issues...	7,385 k.*										

* Pour déterminer la proportion des bœufs aux vaches, qui ne m'était point donnée par les états, pour 1822, 1823 et 1824, j'ai pris les moyennes des années 1820, 1821 et 1825, et en ai composé une moyenne générale applicable à ces trois années. — *Voir* section première, page 10

* Il faut se rappeler ce que j'ai dit page 89 : Les *abats* ou *issues* ne figurent que dans cette colonne et la suivante ; ils ne figurent nulle autre part. Je n'en ai tenu aucun compte dans la consommation générale.

SUITE DE LA DEUXIÈME ÉPOQUE. — 1808 à 1825. — PRIX DE LA VIANDE AU DÉTAIL. — 1 FR. 10 CENT. LE KILOGRAMME.

ANNÉES.	DÉSIGNATION.	NOMBRE.	POIDS moyen net.	QUANTITÉ de chaque espèce de viande, obtenue par la multiplication des nombres par les poids moyens.	TOTAL des trois viandes, bœuf ou vache, veau et mouton, abattus à Rouen.	PROPORTION respective de ces trois sortes de viande.	TOTAL des viandes abattues ou introduites à Rouen.	PROPORTION de la viande de porc dans la consommation générale.	POPULATION de Rouen.	CONSOMMATION par tête.	MONTANT des droits d'octroi.	PRIX MOYEN du kilog. de pain de première qualité.
1823	Bœufs.............	6,211	325	2,018,575	»	0.68	»	»	»	»	30. »	» »
	Vaches.............	2,183	260	567,580	»	»	»	»	»	»	30. »	» »
	Veaux.............	10,844	60	638,640	»	0.16	»	»	»	»	5. »	cent.
	Moutons..........	26,607	25	666,175	3,889,970	0.16	4,562,156	»	88,200 h.	51 k.72	2.50	0.30 40
	Porcs.... lait....	5,773	110	635,030	»	»	»	»	»	»	8. »	» »
	Cochons de lait..	2,353	10	23,630	»	»	»	0.14	»	»	1. »	» »
	Viande dépecée et jambons.	13,626 k°	»	»	»	»	»	»	»	»	0.30	» »
	Abats ou issues....	4,142 k°	»	»	»	»	»	»	»	»	0.05	» »
1824	Bœufs.............	6,376	325 k°	2,072,200 k°	»	0.67	»	»	»	»	30. »	» »
	Vaches.............	2,241	260	582,660	»	»	»	»	»	»	30. »	» »
	Veaux.............	11,098	60	665,880	»	0.16	»	»	»	»	5. »	» »
	Moutons..........	27,398	25	684,950	4,005,690	0.17	4,670,790	»	88,800	52 59	2.50	0.28 54
	Porcs....	5,785	110	636,350	»	»	»	»	»	»	8. »	» »
	Cochons de lait..	1,608	10	16,080	»	»	»	0.14	»	»	1. »	» »
	Viande dépecée et jambons.	12,670 k°	»	»	»	»	»	»	»	»	0.30	» »
	Abats ou issues....	2,789 k°	»	»	»	»	»	»	»	»	0.05	» »
1825	Bœufs.............	7,000	325	2,275,000	»	0.68	»	»	»	»	30. »	» »
	Vaches.............	2,245	260	583,700	»	»	»	»	»	»	30. »	» »
	Veaux.............	11,519	60	691,140	»	0.16	»	»	»	»	5. »	» »
	Moutons..........	28,385	25	709,625	4,259,465	0.16	4,975,805	»	89,400	55 65	2.50	0.30 35
	Porcs....	6,313	110	694,430	»	»	»	»	»	»	8. »	» »
	Cochons de lait..	2,191	10	21,910	»	»	»	0.14	»	»	1. »	» »
	Viande dépecée et jambons.	14,981 k°	»	»	»	»	»	»	»	»	0.30	» »
	Abats ou issues....	1,800 k°	»	»	»	»	»	»	»	»	0.05	» »

TROISIÈME ÉPOQUE. — 1826 A 1836. — PRIX DE LA VIANDE AU DÉTAIL. — 1 FR. 20 CENT. LE KILOGRAMME.

1826	Bœufs...........	5,175	325	1,681,875	0.67	»	30.	»	»	»
	Vaches...........	2,000	260	520,000	0.17	»	30.	»	»	»
	Veaux...........	9,935	60	596,100	0.16	»	5.	»	43k 42	0.28 95
	Moutons.........	23,145	25	553,625	»	»	2.50	»	»	»
	Porcs...........	4,811	110	529,210	»	0.14	8.	90,000	»	»
	Cochons de lait...	1,662	10	16,620	»	»	1.	»	»	»
	Viande dépecée et jambons².	10,630 k°	»	»	»	»	0.30	»	»	»
	Abats ou issues......	127 k°	»	3,351,600	3,908,060	»	0.05	»	»	»
1827	Bœufs...........	6,000	325	1,950,000	0.68	»	30.	»	»	»
	Vaches...........	2,385	260	620,100	0.16	»	30	»	»	»
	Veaux...........	10,700	60	642,000	0.16	»	5.	»	51 11	0.32 04
	Moutons.........	25,767	25	644,175	»	»	2.50	»	»	»
	Porcs...........	5,643	110	620,730	»	0.14	9.	90,000	»	»
	Cochons de lait...	2,289	10	22,890	»	»	1.	»	»	»
	Viande dépecée et jambons.	10,697 k°	»	»	»	»	0.30	»	»	»
	Abats ou issues.	15 k°	»	3,866,275	4,510,592	»	0.05	»	»	»
1828	Bœufs...........	5,401	325	1,755,325	0.67	»	30.	»	»	»
	Vaches...........	2,700	260	702,000	0.16	»	30.	»	»	»
	Veaux...........	10,517	60	631,020	0.17	»	5.	»	48 71	0.39 29
	Moutons.........	26,432	25	660,800	»	»	2.50	»	»	»
	Porcs...........	5,628	110	619,080	»	0.14	8.	90,000	»	»
	Cochons de lait...	1,513	10	15,130	»	»	1.	»	»	»
	Viande dépecée et jambons.	10,958 k°	»	»	»	»	0.30	»	»	»
	Abats ou issues......	»	»	3,749,145	4,384,323	»	0.05	»	»	»
1829	Bœufs...........	5,662	325	1,840,150	0.67	»	30.	»	»	»
	Vaches...........	2,632	260	684,320	0.16	»	30.	»	»	»
	Veaux...........	10,738	60	644,280	0.17	»	5.	»	50 11	0.44 40
	Moutons.........	26,956	25	673,900	»	»	2.50	»	»	»
	Porcs...........	5,768	110	634,480	»	0.14	8.	90,000	»	»
	Cochons de lait...	1,852	10	18,520	»	»	1.	»	»	»
	Viande dépecée et jambons.	14,289 k°	»	»	»	»	0.30	»	»	»
	Abats ou issues......	550 k°	»	3,842,650	4,609,939	»	0.05	»	»	»

SUITE DE LA TROISIÈME ÉPOQUE. — 1826 à 1836. — PRIX DE LA VIANDE AU DÉTAIL. — 4 FR. 20 CENT. LE KILOGRAMME.

ANNÉES	DÉSIGNATION	NOMBRE	POIDS moyen net.	QUANTITÉ de chaque espèce obtenue par la multiplication des nombres par les poids moyens	TOTAL des trois viandes bœuf, veau et mouton abattus à Rouen	PROPORTION	TOTAL des animaux abattus à Rouen	PROPORTION à la consommation	POPULATION ou Rouen	CONSOMMATION par tête	MONTANT des droits d'octroi	PRIX MOYEN du kilog. de première qualité
1830	Bœufs	5,001	325k	1,625,325k	3,460,705	0.67	4,118,889	0.15	80,000 h.	44k,35	20 "	0.37 71
	Vaches	2,509	260	652,340		0.17					30 "	
	Veaux	2,989	60	539,340		0.16					5 "	
	Moutons	23,346	25	583,720							2.50	
	Porcs	5,706	110	627,550							8 "	
	Cochons de lait	1,930	10	19,300							1 "	
	Viande dépecée et jambons	9,434k									0.30	
	Abats ou issues	3,525k									0.05	
1831	Bœufs	5,469	325	1,457,425	3,074,465	0.67	3,647,649	0.15	88,000	41 47	20 "	0.38 47
	Vaches	8,832	260	575,120		0.17					30 "	
	Veaux	20,680	60	529,920		0.16					3. "	
	Moutons	4,976	25	547,000							2.50	
	Porcs	1,777	110	547,360							8 "	
	Cochons de lait		10	17,770							1 "	
	Viande dépecée et jambons	8,054k									0.30	
	Abats ou issues	4,256k									0.05	
1832	Bœufs	5,492	325	1,784,900	3,375,670	0.68	3,940,287	0.14	88,800	44 37	30 "	0.35 90
	Vaches	1,024	260	674,240		0.16					30 "	
	Veaux	9,408	60	564,480		0.16					3.50 3	
	Moutons	23,178	25	564,450							8. "	
	Porcs	4,971	110	535,510							1. "	
	Cochons de lait	1,791	10	17,910							0.30	
	Viande dépecée	6,036k									0.30	
	Abats ou issues	7,127k									0.05	
1833	Bœufs	6,753	325	1,879,725	3,695,330	0.66	4,334,702	0.16	89,600	48 60	30 "	0.37 60
	Vaches	2,116	260	510,160		0.18					20 "	
	Veaux	10,927	60	635,670		0.16					3.50 3	
	Moutons	23,657	25	541,420							8. "	
	Porcs	6,320	110	695,200							1. "	
	Cochons de lait	3,320	10	33,200							0.30	
	Viande dépecée	4,744k									0.30	
	Jambons ou issues	274k,2									0.05	
1834	Bœufs	6,218	325	2,020,840	3,701,215	0.67	4,422,311	0.16	90,400	48 52	30 "	0.36 69
	Vaches	1,638	260	425,880		0.18					8.50	
	Veaux	11,136	60	648,160		0.15					3.50 3	
	Moutons	23,463	25	586,585							8. "	
	Porcs	5,979	110	650,690							1. "	
	Cochons de lait	2,340	10	23,400							0.30	
	Viande dépecée	4,064k									0.30	
	Jambons ou issues	1,161k									0.05	
1835	Bœufs	6,456	325	2,098,300	3,289,340	0.68	4,358,566	0.16	91,200	49 58	30 "	0.37 64
	Vaches	1,619	260	420,940		0.16					20 "	
	Veaux	11,166	60	669,960		0.17					8.50	
	Moutons	24,030	25	600,750							3.50 3	
	Porcs	6,696	110	736,360							1. "	
	Cochons de lait	2,103	10	21,030							0.30	
	Viande dépecée	3,938k									0.30	
	Jambons ou issues	7,188k									0.05	
1836	Bœufs	5,738	320	1,838,880	3,749,691	0.65	4,438,054	0.15	93,000	48 19	30 "	0.27 06
	Vaches	2,357	263	624,611		0.16					20 "	
	Veaux	14,255	55	634,970		0.16					8.50	
	Moutons	8,130	25	628,375							3.50 3	
	Porcs	6,872	95	652,840							1. "	
	Cochons de lait	2,103k		91,600							0.20	
	Viande dépecée	5,355k									0.30	
	Abats ou issues	9,472k									0.05	

QUATRIÈME ÉPOQUE. — 1837 À 1841. — PRIX DE LA VIANDE AU DÉTAIL. — 4 FR. 30 CENT. LE KILOGRAMME.

ANNÉE	DÉSIGNATION	NOMBRE	POIDS moyen net	QUANTITÉ de chaque espèce de viande, obtenue par la multiplication des nombres par les poids respectifs	TOTAL des quantités de viande, bœuf ou vache, veau, mouton, abattue à Rouen.	PROPORTION respective de ces sortes de viandes	TOTAL des viandes abattues introduites à Rouen.	PROPORTION générale de la viande de porc dans la consommation.	POPULATION de Rouen.	CONSOMMATION par tête.	MONTANT des droits d'octroi.	PRIX MOYEN du kilog. de la viande de première qualité.
1837	Bœufs	5,663	320 k.	1,876,608	3,876,771	0.68	4,208,007	0.15	72,800 h.	461.42	30. »	»
	Vaches	2,177	263	572,551	»	0.16	»	»	»	»	30. »	0.29 15
	Veaux	10,696	55	588,280	»	0.16	»	»	»	»	8.50 »	»
	Moutons	33,839	15	506,500	»	»	»	»	»	»	3.50 3	»
	Porcs	6,871	95	648,300	»	»	»	»	»	»	0.30	»
	Cochons de lait	2,120	10	21,200	»	»	»	»	»	»	0.30	»
	Viande dépecée	5,586 k.	»	»	»	»	»	»	»	»	0.30	»
	Jambons	6,070 k.	»	»	»	»	»	»	»	»	0.30	»
	Abats ou issues	9,861 k.	»	»	»	»	»	»	»	»	0.05	»
1838	Bœufs	3,370	330	1,772,100	3,608,868	0.69	4,220,310	0.14	93,600	45. 08	30. »	»
	Vaches	2,477	263	648,873	»	0.15	»	»	»	»	3.50 »	0.24 77
	Veaux	10,429	55	573,595	»	0.16	»	»	»	»	3.50 3	»
	Moutons	24,512	25	612,800	»	»	»	»	»	»	8. »	»
	Porcs	6,116	95	381,210	»	»	»	»	»	»	0.30	»
	Cochons de lait	1,607	10	16,080	»	»	»	»	»	»	0.30	»
	Viande dépecée	8,098 k.	»	»	»	»	»	»	»	»	0.30	»
	Jambons	5,724 k.	»	»	»	»	»	»	»	»	0.30	»
	Abats ou issues	8,283 k.	»	»	»	»	»	»	»	»	0.05	»
1839	Bœufs	4,078	330	1,875,740	3,409,078	0.69	4,034,873	0.15	94,400	42. 95	30. »	»
	Vaches	2,385	263	627,255	»	0.15	»	»	»	»	3. »	0.40 75
	Veaux	9,706	55	533,830	»	0.16	»	»	»	»	8. »	»
	Moutons	22,900	25	573,250	»	»	»	»	»	»	0.30	»
	Porcs	6,372	95	600,590	»	»	»	»	»	»	0.30	»
	Cochons de lait	2,184	10	21,840	»	»	»	»	»	»	0.30	»
	Viande dépecée	17,069 k.	»	»	»	»	»	»	»	»	0.30	»
	Abats ou issues	10,777 k.	»	»	»	»	»	»	»	»	0.05	»

CINQUIÈME ÉPOQUE. — 1842 À 1846. — PRIX DE LA VIANDE AU DÉTAIL. — 4 FR. 40 CENT. LE KILOGRAMME.

ANNÉE	DÉSIGNATION	NOMBRE	POIDS moyen net	QUANTITÉ de chaque espèce	TOTAL des quantités	PROPORTION respective	TOTAL des viandes abattues	PROPORTION générale	POPULATION de Rouen.	CONSOMMATION par tête.	MONTANT des droits d'octroi.	PRIX MOYEN du kilog. de la viande de première qualité.
1840	Bœufs	4,922	330	1,624,260	3,519,291	0.69	4,246,634	0.16	95,000	44. 60	30. »	»
	Vaches	2,837	263	746,131	»	0.15	»	»	»	»	30. »	0.38 97
	Veaux	10,183	55	559,400	»	0.16	»	»	»	»	8. »	»
	Moutons	22,736	25	593,490	»	»	»	»	»	»	0.20	»
	Porcs	7,108	95	675,260	»	»	»	»	»	»	0.30	»
	Cochons de lait	2,841	10	28,410	»	»	»	»	»	»	0.30	»
	Viande dépecée	17,376 k.	»	»	»	»	»	»	»	»	0.05	»
	Jambons	6,117 k.	»	»	»	»	»	»	»	»	»	»
	Abats ou issues	10,335 k.	»	»	»	»	»	»	»	»	»	»
1841	Bœufs	4,728	330	1,561,860	3,511,763	0.69	4,179,663	0.15	96,000	43. 53	30. »	»
	Vaches	3,136	263	824,768	»	0.15	»	»	»	»	6. »	0.31 64
	Veaux	9,733	55	535,416	»	0.16	»	»	»	»	3. »	»
	Moutons	23,508	25	587,700	»	»	»	»	»	»	0.20	»
	Porcs	6,619	95	628,805	»	»	»	»	»	»	0.30	»
	Cochons de lait	1,261	10	12,610	»	»	»	»	»	»	0.05	»
	Viande dépecée	11,109 k.	»	»	»	»	»	»	»	»	»	»
	Jambons	8,186 k.	»	»	»	»	»	»	»	»	»	»
	Abats ou issues	18,351 k.	»	»	»	»	»	»	»	»	»	»
1842	Bœufs	5,248	330	1,731,840	3,560,110	0.68	4,231,005	0.15	96,649	43. 05	30. »	»
	Vaches	2,457	265	645,805	»	0.16	»	»	»	»	30. »	0.34 06
	Veaux	10,183	55	560,065	»	0.17	»	»	»	»	6. »	»
	Moutons	24,496	25	612,400	»	»	»	»	»	»	3. »	»
	Porcs	6,644	95	631,680	»	»	»	»	»	»	0.20	»
	Cochons de lait	1,984	10	19,840	»	»	»	»	»	»	0.30	»
	Viande dépecée	90,717 k.	»	»	»	»	»	»	»	»	0.05	»
	Jambons	8,794 k.	»	»	»	»	»	»	»	»	»	»
	Abats ou issues	19,886 k.	»	»	»	»	»	»	»	»	»	»
1843	Bœufs	5,273	330	1,740,730	3,516,760	0.68	4,189,364	0.15	97,318	43. 05	30. »	»
	Vaches	2,223	267	593,541	»	0.15	»	»	»	»	20. »	0.33 90
	Veaux	10,186	55	560,230	»	0.17	»	»	»	»	6. »	»
	Moutons	23,880	25	597,000	»	»	»	»	»	»	3. »	»
	Porcs	6,667	95	633,565	»	»	»	»	»	»	0.20	»
	Cochons de lait	1,782	10	17,820	»	»	»	»	»	»	0.30	»
	Viande dépecée	20,169 k.	»	»	»	»	»	»	»	»	0.05	»
	Jambons	11,283 k.	»	»	»	»	»	»	»	»	»	»
	Abats ou issues	28,639 k.	»	»	»	»	»	»	»	»	»	»

SUITE DE LA CINQUIÈME ÉPOQUE. — 1842 A 1846. — PRIX DE LA VIANDE AU DÉTAIL. — 1 FR. 40 CENT. LE KILOGRAMME.

ANNÉES	DÉSIGNATION	NOMBRE	POIDS moyen net	QUANTITÉ de chaque espèce de viande, obtenue par la multiplication des nombres par les poids moyens	TOTAL des trois viandes, bœuf ou vache, veau et mouton, abattus à Rouen	PROPORTION respective de ces trois sortes de viande	TOTAL des viandes abattues ou introduites à Rouen	PROPORTION de la viande de porc dans la consommation générale	POPULATION de Rouen	CONSOMMATION par tête	MONTANT des droits d'octroi	PRIX MOYEN du kilog. de pain de première qualité
1844	Bœufs..........	5,565	330 k°	1,836,450 k°	3,495,462	0.69	4,194,174	0.16	97,977 h.	42 k.80	30. »	» »
	Vaches..........	1,923	269	517,287	»		»	»	»	»	20. »	» »
	Veaux..........	9,870	55	542,850	»	0.15	»	»	»	»	6. »	» »
	Moutons..........	23,955	25	598,875	»	0.15	»	»	»	»	3. »	cent.
	Porcs...........	6,031	95	629,945	»	»	»	»	»	»	8. »	0.34 78
	Cochons de lait...	2,194	10	21,940	»	»	»	»	»	»	1. »	» »
	Viande dépecée...	34,737 k°	»	»	»	»	»	»	»	»	0.20 »	» »
	Jambons..........	12,090 k°	»	»	»	»	»	»	»	»	0.30 »	» »
	Abats ou issues....	31,383 k°	»	»	»	»	»	»	»	»	0.05 »	» »
1845	Bœufs...........	5,663	330	1,868,790	3,591,027	0.68	4,345,669	0.10	98,636	44. 05	30. »	» »
	Vaches...........	2,017	271	546,607	»		»	»	»	»	20. »	» »
	Veaux........	10,011	55	550,605	»	0.15	»	»	»	»	6. »	» »
	Moutons..........	25,001	25	625,035	»	0.17	»	»	»	»	3. »	0.32 52
	Porcs...........	7,147	95	678,965	»	»	»	»	»	»	8. »	» »
	Cochons de lait...	2,857	10	26,570	»	»	»	»	»	»	1. »	» »
	Viande dépecée...	36,214 k°	»	»	»	»	»	»	»	»	0.20 »	» »
	Jambons..........	12,892 k°	»	»	»	»	»	»	»	»	0.30 »	» »
	Abats ou issues....	32,815 k°	»	»	»	»	»	»	»	»	0.05 »	» »
1846	Bœufs...........	5,664	330	1,869,120	3,670,627	0.68	4,405,921	0.15	99,295	44 36	30. »	» »
	Vaches...........	2,214	273	604,422	»		»	»	»	»	20. »	» »
	Veaux........	10,582	55	582,010	»	0.15	»	»	»	»	6. »	» »
	Moutons..........	24,603	25	615,075	»	0 17	»	»	»	»	3. »	0.38 90
	Porcs...........	6,981	95	663,195	»	»	»	»	»	»	8. »	» »
	Cochons de lait...	2,269	10	22,690	»	»	»	»	»	»	1. »	» »
	Viande dépecée...	38,692 k°	»	»	»	»	»	»	»	»	0.20 »	» »
	Jambons..........	10,717 k°	»	»	»	»	»	»	»	»	0.30 »	» »
	Abats ou issues....	34,720 k°	»	»	»	»	»	»	»	»	0.05 »	» »

SIXIÈME ÉPOQUE. — 1847 À 1850. — PRIX DE LA VIANDE AU DÉTAIL. — 1 FR. 30 CENT. LE KILOGRAMME.

ANNÉES.	DÉSIGNATION.	NOMBRE.	POIDS moyen brut.	POIDS moyen net.	QUANTITÉ des 3 premières espèces de viande, obtenue par la multiplication des nombres, ou provenant du débris toute dépecée.	TOTAL de ces trois viandes, bœuf ou vache, veau et mouton, abattues ou introduites à Rouen.	PROPORTION respective de ces trois sortes de viande.	TOTAL des viandes abattues ou introduites à Rouen, y compris le porc.	PROPORTION de la viande de porc dans la consommation générale.	POPULATION de Rouen.	CONSOMMATION par tête.	MONTANT des droits d'octroi.	PRIX MOYEN du kilog. de pain de première qualité.
1847	Bœufs.............	5,410	656k°	360k°	2,434,480 k°		0.68					0.04 6	» »
	Vaches............	1,790	496	272	560,690		0.15					0.04 6	» »
	Veaux.............	9,290	100	61	608,580		0.17					0.06 8	» »
	Moutons...........	22,540	55	27	»		»					0.05 46	» »
	Porcs.............	2,430	119	102	»	3,819,917	»	4,403,069	0.13	99,489 h.	44k.25	0.07 »	0.48 29
	Viande à la main { Bœuf ou vache.	143,158 k°	»	»	143,158		»					0.09	» »
	Veau........	25,390 k°	»	»	25,390		»					0.14	» »
	Mouton......	41,619 k°	»	»	41,619		»					0.11 »	» »
	Porc........	322,456 k°	»	»	»		»					0.08 5	» »
	Charcuterie......	12,836 k°	»	»	»		»					0.30 »	» »
	Abats ou issues...	55,622 k°	»	»	»		»					0.05 »	» »
1848	Bœufs.............	4,882	655	359	2,187,320		0.69					0.04 6	» »
	Vaches............	1,558	510	279	498,810		0.15					0.04 6	» »
	Veaux.............	7,674	105	65	526,982		0.16					0.00 6	» »
	Moutons...........	18,819	56	28	»		»					0.05 45	» »
	Porcs.............	3,239	127	110	»	3,010,583	»	4,195,011	0.13	99,683	42 07	0.07 »	0.29 14
	Viande à la main { Bœuf ou vache.	279,135 k°	»	»	279,135		»					0.09	» »
	Veau........	51,578 k°	»	»	51,578		»					0.14	» »
	Mouton......	66,808 k°	»	»	66,808		»					0.11 »	» »
	Porc........	219,510 k°	»	»	»		»					0.08 5	» »
	Charcuterie......	8,628 k°	»	»	»		»					0.30 »	» »
	Abats ou issues...	72,720 k°	»	»	»		»					0.05 »	» »

SUITE DE LA SIXIÈME ÉPOQUE. — 1847 à 1850. — PRIX DE LA VIANDE AU DÉTAIL. — 1 FR. 30 CENT. LE KILOGRAMME.

Bœufs...........	6,539	663 k°	363 k°	2,344,249	0.68	3,896,600	4,571,038	0.14	99,877	45 k.76	0.04 6	cent. 0.28 63
Vaches.........	1,127	540	296	»	»					0.04 6	»
Veaux..........	7,952	102	65	516,890	0.15					0.06 8	»
Moutons........	21,582	67	28	604,296	0.17					0.05 45	»
Porcs..........	4,664	119	102	»	»					0.07	»

Viande à la main								
Bœuf ou vache.	293,900 k°	293,900		0.09	»
Veau..........	55,310 k°	55,310		0.14	»
Mouton........	81,965 k°	81,965		0.11	»
Porc..........	191,367 k°	»		0.08 1/2	»
Charcuterie...	7,343 k°	»		0.20	»
Abats ou issues....	90,827 k°	»		0.05	»

Bœufs...........	5,780	660	362	2,405,695	0.67	4,037,333	4,912,544	0.17	100,071	49 00	0.04 6	0.26 84
Vaches.........	1,053	541	297	»	»					0.04 0	»
Veaux..........	8,491	105	65	551,915	0.15					0.06 8	»
Moutons........	23,495	56	28	657,880	0.18					0.05 45	»
Porcs..........	5,474	128	110	»	»					0.07	»

Viande à la main					
Bœuf ou vache.	283,848 k°	283,848	0.09	»
Veau..........	57,889 k°	57,889	0.14	»
Mouton........	80,126 k°	80,126	0.11	»
Porc..........	260,019 k°	»	0.08 1/2	»
Charcuterie...	13,052 k°	»	0.20	»
Abats ou issues....	97,088 k°	»	0.05	»

SEPTIÈME ÉPOQUE. — 1851. — PRIX DE LA VIANDE AU DÉTAIL. — 1 FR. 20 CENT. LE KILOGRAMME.

Bœufs...........	6,131	668	366	2,807,830	0.71	4,287,935	5,166,562	0.17	100,265	51 52	0.04 6	0.26 63
Vaches.........	1,215	530	290	»	»					0.04 8	»
Veaux..........	8,741	108	66	576,906	0.14					0.06 8	»
Moutons........	24,204	59	29	701,916	0.16					0.05 45	»
Porcs..........	5,145	119	102	»	»					0.07	»

Viande à la main					
Bœuf ou vache.	279,161.82 k°	219,161.82	0.09	»
Veau..........	52,499.80	52,499.80	0.14	»
Mouton........	69,641.90	69,641.90	0.11	»
Porc..........	339,440.25	»	0.08 1/2	»
Charcuterie...	14,376.25	»	0.20	»
Abats ou issues....	94,175. »	»	0.05	»

Courbe indiquant les fluctuations de la consommation moyenne annuelle de chaque individu.

Page 113.

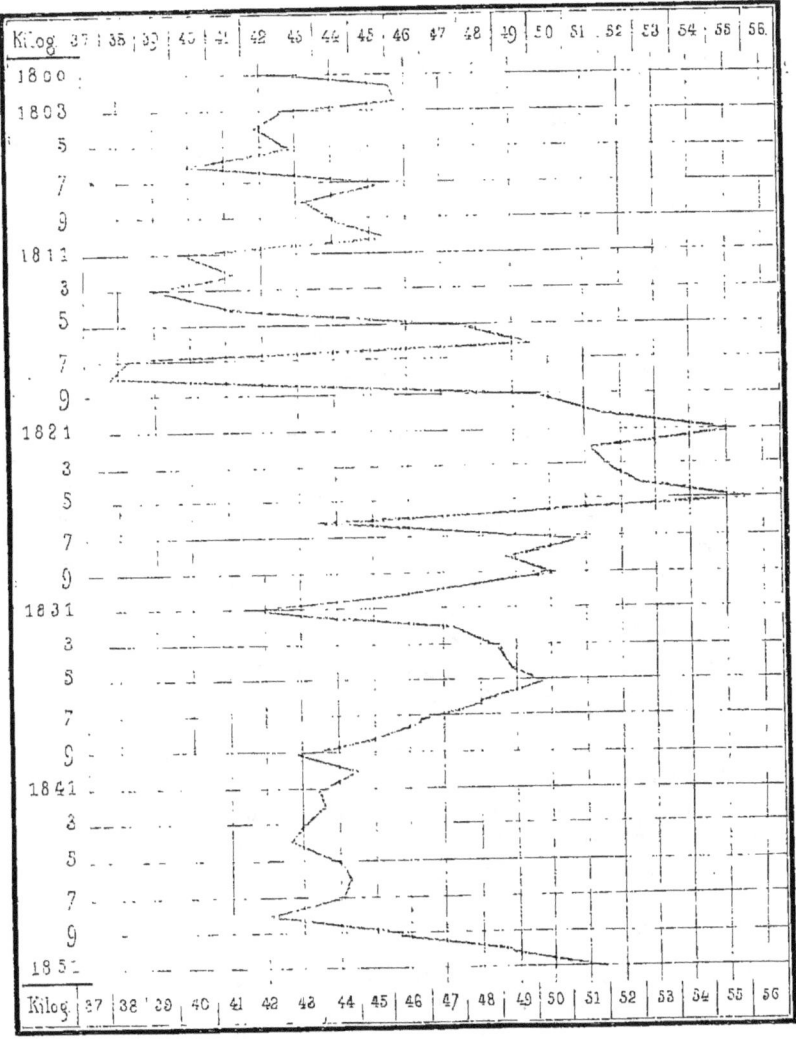

Il résulte du tableau que nous venons de soumettre à l'Académie, que la consommation est loin d'avoir suivi, depuis 1800, un mouvement régulier, en rapport avec celui de la population.

La courbe ci-contre m'a paru propre à rendre ses fluctuations visibles à tous les yeux.

Etudions séparément chacune des fractions d'années dans lesquelles j'ai divisé le demi-siècle, et nous nous expliquerons avec facilité les irrégularités de sa marche.

Première époque. — 1800 à 1807.

Prix de la viande. — 1 fr. le kilogramme.

D'après ce que j'ai dit dans mes observations préliminaires, j'ai droit de présenter cette époque comme une époque de transition, où la consommation dut d'abord tendre à atteindre le niveau des années prospères de Louis XVI (1).

1. Observations sur la première époque. Augmentation des droits d'octroi.

L'année qui ouvre le siècle nous donne pour chaque habitant de Rouen le chiffre de 42 kil. 18, et la suivante, celui de 45 kil. 77. Si l'on en excepte 1806, où le bétail fut rare, nous ne trouvons guère, d'une année à l'autre, que des différences de 2 à 3 kil.

Ce qui doit fixer l'attention pendant cette première période, c'est moins le chiffre que la nature de l'alimentation. La proportion des vaches aux bœufs abattus était comme 3 à 1. On consommait 6 pour 100 de veau de plus qu'en 1851, mais moins de mouton. De 1800 à 1817, la viande fournie par le premier de ces animaux fut

---

(1) Suivant M. Moreau de Jonnès, p. 499, chaque habitant de la France consommait en 1789, 22 kil. de viande, et en 1812, 18,5.

pour les bouchers la moins chère de toutes, celle fournie par le dernier fut la plus chère.

En 1806 le gouvernement impérial, par la création des droits réunis, venait de réinstaller en France le système des contributions indirectes, et s'occupait à en tendre les ressorts. Ce mode de contribution qui s'acquitte jour par jour, et pour ainsi dire à l'insu du contribuable, a quelque chose de séduisant pour les gouvernants. En rendant moins sensible le fardeau de l'impôt, ils aiment à se persuader qu'ils le diminuent, et cette erreur un peu volontaire leur fait commettre plus d'une faute.

Je crois devoir donner ce nom, car une injustice, quels que soient ses avantages, le méritera toujours à mes yeux, à la disposition de l'art. 79 de la loi du 24 avril 1806, qui, en autorisant les villes à prélever sur les produits de leur octroi le montant des contributions *mobilières et somptuaires*, les autorisa à faire peser ces charges sur une classe de citoyens qui en était naturellement exempte.

Cette faute fut singulièrement aggravée à Rouen par la manière dont le principe fut appliqué. Au lieu de se borner à dégrever les faibles locations, les locations au-dessous de 200 fr., comme la chose se pratique encore à cette heure dans la capitale, on fit jouir tous les contribuables de l'affranchissement des deux tiers de la contribution mobilière, si bien que l'ouvrier qui n'avait point de ménage fut appelé à supporter, sur le prix de ses aliments, une parcelle de l'impôt qui atteignait les plus opulents citoyens. Consacrée par un décret impérial du 27 septembre 1807, l'injustice se perpétua sous la Restauration : nous verrons plus tard comment on essaya de la réparer.

Son effet fut d'accroître d'un quart le droit sur les bœufs et vaches, d'un tiers celui sur les veaux, de deux tiers celui que les moutons avaient à supporter. Le droit sur le

porc, cette précieuse ressource du prolétaire, fut brusquement porté de 4 fr. 80 à 7 fr.

Déjà plus élevé que le tarif de Paris, le tarif de Rouen
présenta avec celui-ci la disproportion la plus choquante.

Il se trouva que les vaches payaient trois fois plus, et
les moutons quatre fois davantage que dans la capitale (1).
Cette disproportion a duré jusqu'en 1816, époque où l'ouverture des abattoirs est venue énormément augmenter, à
Paris, les charges qui pesaient sur la viande. Toutefois,
en ce moment encore, le mouton y est moins imposé qu'à
Rouen.

La surélévation des droits d'octroi devait amener, et
amena, en effet, une hausse dans le prix de la viande au
détail. Guidé par la tradition, j'en ai fixé l'époque à 1808,
avec d'autant plus de raison que cette année fut marquée
par une hausse très sensible dans le prix des animaux sur
pied.

DEUXIÈME ÉPOQUE. — 1808 A 1825.

Prix de la viande. — 1 fr. 10 c. le kilogramme.

L'augmentation du prix de la viande ne paraît pas avoir
exercé d'influence immédiate sur la consommation, si
nous en jugeons par les moyennes que nous donnent l'année 1808 et les deux suivantes. L'industrie était prospère
et les salaires élevés.

En 1811, au contraire, nous la voyons éprouver une
forte dépression qui s'étend jusqu'à 1814. La disette dont
j'ai parlé dans mes observations préliminaires, les calami-
tés de 1813, les maux de l'invasion étrangère et le chô-

2. Deuxième
époque.

---

(1) De 1801, à 1816 les bœufs n'ont payé à Paris que 18 fr. par
tête, les vaches que 9 fr., les veaux que 5 fr., les moutons que 60 c.
Voir l'état n° 26, annexe du rapport de M. Lanjuinais.

mage des manufactures qui en fut la conséquence, sont
assurément bien suffisants pour l'expliquer. La diminution
de la consommation de la viande de porc est un indice encore plus sûr de la détresse des classes ouvrières. Or, nous
voyons qu'en 1813 le chiffre des porcs abattus descendit
à 3,870.

A partir de 1815, un mouvement ascensionnel toujours
plus marqué se manifeste dans la consommation. Suspendu
par l'affreuse disette de 1817, dont les effets sur le travail
général s'étendirent jusqu'en 1818, le mouvement reprend
de nouvelles forces en 1819, et nous conduit jusqu'en 1825,
année où nous rencontrons le chiffre le plus élevé du siècle,
celui de 55 kil. 65 par habitant.

Pour se rendre compte de cet accroissement, il suffit de
se reporter aux circonstances. Jamais la situation de Rouen
ne fut plus prospère, jamais ses industries ne réalisèrent
plus de bénéfices, jamais surtout les salaires n'y furent plus
élevés que pendant la série d'années que nous venons d'indiquer. La paix avait ramené la vie dans son port, le mouvement dans ses ateliers, l'activité dans ses transactions.
Le temps de la Restauration fut l'âge d'or de la ville de
Rouen. Voilà ce que quelques-uns peuvent avoir oublié,
mais ce que personne n'osera méconnaître. J'y vins pour la
première fois en 1822. J'avais habité des cités plus popu-
leuses, plus bruyantes. Je n'en avais point habité de plus
florissantes. Je fus tout d'abord frappé de l'apparence de
bien-être que présentaient toutes les classes, et des habitudes d'aisance et de confort que je rencontrais chez les
plus modestes.

Faisons remarquer, en passant, que l'année 1816 est la
première du siècle où le nombre des bœufs abattus ait dépassé celui des vaches. Ce nombre augmente d'année en
année, et finit par nous donner, pour cette période, la
proportion de 3 à 1.

TROISIÈME ÉPOQUE. — 1826-1836.

Prix de la viande — 1 fr. 20 le kilogramme.

Une de ces crises qui semblent inséparables de l'industrie manufacturière. et qu'on rencontre toujours dans son histoire, vint affliger l'année 1826. La production avait dépassé les besoins La concurrence commençait à avilir les produits. De là diminution dans le travail, abaissement dans les salaires. Le genre de consommation qui nous occupe ne pouvait manquer d'en ressentir un fâcheux contre coup. Aussi voyons-nous, d'une année à l'autre, une différence de 13 kil. par habitant. En 1827 elle reprenait son essor, et, grâce à la prospérité renaissante de l'industrie manufacturière, elle allait continuer de progresser, lorsque la révolution de juillet 1830 vint la ramener à son point de départ.

Il se passa en 1832, au sein du conseil municipal, un fait trop considérable pour que je n'y arrête pas quelques instants l'attention.

Jadis c'était les peuples qui payaient *le don de joyeux avénement.* De nos jours, ce sont les souverains ; pour mon compte, j'approuve fort cette innovation.

Le gouvernement qu'avait produit la révolution, voulut payer le sien en réduisant notablement l'impôt sur les boissons et en obligeant les villes à des sacrifices analogues sur leurs droits d'octroi.

Force fut de remanier les tarifs de Rouen. La proposition de faire cesser le prélèvement des deux tiers de la contribution mobilière fut aussitôt acceptée que formulée. Il produisait près de 300,000 fr. Il eût été d'une rigoureuse justice, en remettant la totalité de la contribution mobilière à la charge exclusive de ceux qui auraient dû toujours la supporter, de rayer du tarif les taxes additionnelles

5. Troisième époque. Changements dans le tarif en 1832. Réflexions sur ces changements.

destinées à y faire face. Il n'en fut pas ainsi. On voulut cependant faire quelque chose dans l'intérêt de la classe ouvrière. Voici ce qu'on imagina.

Nous avons dit ailleurs que les bœufs et les vaches se trouvaient soumis, depuis 1820, à un droit uniforme de 30 fr. On abaissa à 20 fr. le droit sur les vaches. Mais en revanche, on augmenta de 1 fr. le droit sur les moutons, et l'année suivante on porta celui qui pesait sur les veaux, de 5 fr. à 8 50. Les viandes dépecées payaient un droit uniforme de 30 c. On distingua. Les viandes salées, provenues du porc, continuèrent de le payer. On réduisit à 20 c. le droit sur les viandes fraîches.

J'ai recherché avec curiosité et lu avec attention les rapports et les délibérations qui précédèrent ces mesures. Je n'ai pas été plus heureux cette fois que je ne l'avais été les précédentes, alors que regardant les registres du conseil municipal comme une mine précieuse de documents, j'avais cherché à l'exploiter dans l'intérêt de mon travail ; je n'y ai trouvé ni données statistiques, ni éclaircissements sur la situation de la boucherie. J'y ai simplement vu que *la viande de vache formait la base de l'alimentation de l'ouvrier, et que les viandes de veau et de mouton étaient des viandes de luxe.*

Je suis tout prêt à m'incliner devant les lumières et la profonde expérience des hommes honorables qui composaient à cette époque le conseil ; je rends pleine justice à leurs généreuses et philantropiques intentions. Mais cela ne m'empêchera pas de dire que leur générosité les emporta trop loin, et leur fit prendre des mesures contraires à toutes les règles de l'hygiène et de l'économie politique.

Le veau et le mouton sont des comestibles de luxe. Mais quoi donc ? Est-ce que les préceptes de l'hygiène n'ordonnent pas d'associer dans l'alimentation les diverses sortes de viande ? En est-il une qui soit, pour l'ouvrier, plus tonique et plus fortifiante que celle du mouton? L'administration municipale de Paris , qui se montre l'une des plus éclairées de l'Europe en cette matière, quand elle ne se laisse pas dominer par des vues financières, n'a-t-elle pas eu toujours le soin de combiner les articles de son tarif, de manière à rendre accessible au peuple l'usage de toutes les espèces de viande?

L'abnégation est une vertu sublime chez les individus. Chez les sociétés, elle est quelquefois une extravagance et souvent une faute. Rouen n'était-il pas le chef-lieu d'un département essentiellement agricole? L'intérêt des populations qui l'entourent ne se confondait-il pas avec le sien propre? Les riches moissons qui couvrent les arrondissements d'Yvetot, du Havre et de Dieppe ne sont-elles pas dues exclusivement à l'élève des moutons? La viande qu'ils fournissent n'avait-elle pas été presque constamment la plus chère? et c'est elle qu'on venait surcharger! Pourquoi encore n'examinait-on pas ce qui se passait ailleurs? Pourquoi ne se faisait-on pas représenter les tarifs de Marseille, de Montpellier, de Bordeaux, de Toulouse? On y aurait vu avec quel art infini ces villes savaient favoriser les produits de leur sol Dans l'intérêt de la culture de la vigne, la ville de Bordeaux ne sollicite-t-elle pas, en ce moment, du Gouvernement la permission d'effectuer, dès cette année, la réduction du droit d'entrée que le décret sur le budget de 1852, ne rend obligatoire pour elle que dans trois ans ?

Que dirai-je encore de cette déclaration faite par le conseil municipal de 1832, que *la viande de vache* (et non celle de bœuf) *forme la base de l'alimentation de l'ouvrier de Rouen?* Si cela était, il fallait la taxer en la dégrevant. C'est ce qu'on se garda bien de faire. Il faut un œil exercé pour distinguer toujours l'une de ces viandes de l'autre. Et puis, les bouchers de Rouen n'ont-ils pas de temps immé-

morial mis en pratique le dicton populaire : *A la boucherie
toutes vaches sont bœufs* ?

En résumé, quelle efficacité pouvait avoir l'établissement
de droits différentiels dans une ville comme Rouen, où la
règle d'un *prix unique* est passée dans les usages de la
boucherie, comme dans les habitudes des consommateurs ?

Aussi, qu'advint-il de l'ensemble de ces mesures? Le
prix de la viande ne baissa pas. L'ouvrier ne paya pas un
centime de moins celle qu'il employa pour sa nourriture.
Le nombre des vaches abattues, loin d'augmenter, ne fit
que décroître, pour arriver progressivement à la proportion
actuelle, qui est de 1 à 5. L'élève du veau en reçut une
mortelle atteinte. La proportion suivant laquelle il entrait
dans l'alimentation, descendit peu à peu de 18 à 15 p.
cent. Découragés, les cultivateurs ne livrèrent plus que des
produits médiocres, fort inférieurs à ceux qui alimentent
la capitale, si bien que la question de prééminence entre
le veau de Paris et le veau de Rouen, que les voyageurs
laissaient autrefois indécise, ne l'est depuis longtemps pour
personne. Le peuple de Rouen, au lieu d'imiter celui de
Paris, qui consomme du mouton dans une forte proportion,
persista dans ses habitudes. Ce n'est que dans ces derniers
temps, et accidentellement, que la proportion normale de
cette viande aux deux autres, qui est entre 15 et 16 p.
cent, est montée à 18.

Il y avait cependant une mesure urgente à prendre dans
l'intérêt de la classe ouvrière, mesure qui seule pouvait
servir de sanction à toutes les autres, et dont l'application
eût plutôt accru qu'affaibli les revenus de la ville. C'était
de favoriser, d'encourager une concurrence sérieuse et active entre les bouchers de Rouen et ceux du dehors. Ce
fut la seule dont on ne s'avisa pas ; car je ne saurais considérer que comme dérisoire la réduction du droit sur la
viande fraîche dépecée de 30 à 20 cent. Les auteurs de

cette réduction ne purent assurément se faire illusion sur sa portée. Elle laissait subsiter, au profit de la boucherie urbaine, une prime de 12 cent. par kil. Il était plus clair que le jour qu'à de pareilles conditions, la boucherie foraine ne pourrait entreprendre la lutte. Qu'on examine le tableau, et on verra si elle le fit.

La première crise provoquée par la révolution de juillet une fois passée, les transactions commerciales reprirent de l'activité à Rouen. L'industrie manufacturière atteignit le chiffre des produits qu'elle fournissait sous la Restauration, puis bientôt le dépassa. Tous les bras furent occupés. Mais, loin de se relever, les salaires, sous l'influence d'une concurrence de plus en plus effrénée, diminuèrent. C'est ce qui explique pourquoi, à partir de 1832, la consommation de la viande augmenta, et pourquoi, néanmoins, elle n'atteignit pas les limites de 1821 et de 1825.

Quatrième époque — 1837 à 1841.

Prix de la viande. — 1 fr. 30 cent. le kilogramme.

Au point de vue administratif, cette époque est la plus importante de toutes. Elle ouvre une période de décroissance pendant laquelle, non-seulement la classe pauvre, mais la classe ouvrière, se déshabitua de manger de la viande. Qu'on y prenne garde! La différence entre les moyennes de cette période et celles de la précédente n'est pas la juste mesure de ce changement dans ses habitudes. Il est un fait que j'ai constaté avec trop de soin, que j'ai vérifié par de trop scrupuleuses investigations, pour que je ne l'articule pas avec confiance. Quelles qu'aient été les variations de prix, la consommation de la viande, depuis 1800, a toujours augmenté dans la classe aisée, dans la classe qui ne se sert pas elle-même, mais qui a

4. Quatrième et cinquième époques.

besoin des services d'autrui. Les serviteurs se sont montrés de plus en plus exigeants pour leur alimentation. Ce n'est pas exagérer que porter à un cinquième cette augmentation de consommation, de 1825 à 1850. Qu'on essaie de déduire des moyennes, déjà si déprimées, déjà si restreintes, que nous donnent les deux périodes de 1837 à 1842 et de 1842 à 1847, la quantité de viande consommée par la classe aisée, et l'on sera effrayé de la faiblesse du chiffre qui restera pour représenter la consommation de cette autre partie de la population, pour laquelle une augmentation de 10 cent. par kilogramme est une calamité.

L'ouverture des abattoirs fut le signal dont les bouchers profitèrent pour porter la viande à 1 fr. 30 cent. le kilogramme. C'était un prix nouveau, inusité, inconnu à Rouen, et que les charges que leur imposait la ville, pour prix d'un service rendu, ne suffisaient pas pour justifier. L'ouverture des abattoirs se trouva malheureusement coïncider avec une légère hausse dans la valeur des animaux vivants.

Sous l'influence de ce prix, nous voyons la consommation diminuer graduellement pour arriver presque, en 1841, à ce que j'ai appelé son point de départ, c'est-à-dire aux chiffres que nous donne le commencement du siècle.

CINQUIÈME ÉPOQUE. — DE 1842 À 1846.

Prix de la viande. — 1 *fr. 40 cent. le kilogramme.*

Une hausse momentanée dans le prix de la viande sur pied, en 1841, motive encore une nouvelle augmentation. L'état de choses que j'ai signalé ne fait que s'aggraver. En 1844, la consommation descend au chiffre de 42 kil. 19, et si. dans les deux années suivantes, elle se relève de 1

à 2 kil., ce fait doit être exclusivement attribué à la présence de nombreux ouvriers anglais employés à la construction du chemin de fer du Havre.

La marche rétrograde de la consommation depuis dix
ans, devenait d'autant plus frappante que les circonstances
extérieures, au milieu desquelles elle se produisait, étaient
moins propres à l'expliquer. Le commerce n'était-il pas
florissant ? Toutes les sources de la richesse publique ne
coulaient-elles pas avec abondance ? L'industrie manufacturière n'avait-elle pas décuplé quelques-uns de ses produits ? Sans doute, les salaires étaient toujours fort mo-
diques. Quand l'industrie est une fois entrée dans la voie
des retranchements, elle avance toujours et ne recule jamais. Mais enfin, tous les services étaient rémunérés, et
cependant, la nourriture de l'ouvrier se détériorait toujours
davantage. Comment ne pas chercher un remède à cet état
de choses ?

On en avait un sous la main et, néanmoins, telles étaient
les préoccupations des meilleurs esprits que, lorsque l'honorable M. Lelong, qui, dès l'année 1842, avait signalé le
mal, vint, le 5 mars 1845, demander que le marché de
Rouen, fermé depuis quarante-cinq ans à la concurrence,
lui fût ouvert, il ne put faire partager, pour le moment,
son opinion, ni au conseil municipal, ni à l'administrateur,
si éclairé, à tous égards, qui le présidait ; et il eut le regret
de voir rejeter ses propositions par une délibération du
15 juillet de la même année.

Un boucher avait annoncé qu'il porterait le prix de la
viande à 1 fr. 50 le kilogramme, lorsqu'enfin tous les yeux
se dessillèrent et que, la loi du 2 mai 1846 ayant été ren-
due, des règlements municipaux vinrent organiser et protéger la lutte de la boucherie foraine avec la boucherie
urbaine. Une diminution de 10 cent. par kilogramme en
fut la conséquence immédiate.

SIXIÈME ÉPOQUE. — 1847 A 1850.

Prix de la viande. — 1 fr. 30 cent. le kilogramme.

5. Sixième et septième époques. Réflexion.

Malgré la diminution , la consommation reste station-naire en 1847. baisse en 1848 et commence à recevoir, en 1849, un faible mouvement ascensionnel qui ne se dessine qu'en 1850.

La disette de 1847, et les événements politiques qui la suivirent, suffisent sans doute pour expliquer ces alternatives.

Si la moyenne de 1847 n'éprouva pas la même dépression que celles de 1818 et de 1811, il ne faudrait pas en tirer cette conséquence que, mieux éclairé sur les propriétés alimentaires respectives du pain et de la viande , le peuple chercha à suppléer à l'un par l'autre ; le chiffre de la consommation du porc, le plus significatif de tous, serait là pour la réfuter. De 16 et de 15, il descendit à 13 en 1847. Il faut seulement en conclure que . par suite de l'élévation des prix, une partie de la population de Rouen avait renoncé, depuis quelques années, à l'usage de la viande, et qu'ainsi son absence parmi les consommateurs de 1847 ne dut pas se faire sentir.

SEPTIÈME ÉPOQUE.

Prix de la viande — 1 fr. 20 cent. le kilogramme.

Nous voici enfin revenus aux conditions ordinaires et normales dans lesquelles les consommateurs avaient été longtemps placés , et sur le champ la consommation , obéissant au mouvement ascensionnel de l'année précédente, atteint le chiffre élevé de près de 52 kil.

Ne résulte-t-il pas des faits que nous venons d'analyser une vérité pratique de la plus haute importance pour l'administration de Rouen ? Savoir que le prix de 1 fr. 20 cent. est une limite qui ne peut être dépassée, sans que la consommation ne languisse, ne diminue aussitôt, et ne finisse par s'altérer profondément.

Dans les autres grandes villes de France, à Lyon, à Marseille, dans les villes de deuxième ordre, telles que Montpellier, Amiens, Valenciennes, on a toujours considéré les prix de 1 f. 30 c. et 1 f. 40 comme une véritable calamité, que les efforts de l'administration devaient tendre à conjurer.

Dans la première de ces villes, le maire a autorisé les bouchers forains à faire concurrence à la boucherie urbaine, sous la condition de ne jamais vendre le bœuf au-delà de 1 fr. le kilogramme, et avec menace de se voir retirer la permission, s'ils y contrevenaient. A Montpellier, une société d'hommes éclairés s'est formée sous le patronage et avec l'aide du conseil municipal, et le peuple a pu acheter, à 1 fr. le kilogramme, la viande que les bouchers déclaraient ne pouvoir livrer sans perte à moins de 1 fr. 30 cent. Aucun boucher, depuis la baisse, n'a fermé son étal. A Amiens, pareille société s'est formée sous le patronage de la société d'agriculture. A Valenciennes, on a employé l'extrême remède de la taxe. A Turin, ville riche et éclairée, célèbre par ses institutions communales, le *corps municipal*, l'un des plus renommés de l'Europe par les lumières, le zèle, et la haute position de ses membres, a cru devoir déroger aux principes économiques qu'il suit, en organisant une boucherie pour faire tête à la boucherie urbaine.

A Rouen, nous sommes longtemps restés, je dis *nous* (car je ne dois accuser personne de ce qui est un peu le fait de tout le monde), nous sommes restés impassibles témoins des renchérissements successifs de la viande, nous persuadant qu'après avoir passé dans nos mœurs et nos habitudes, ils ne mettraient plus aucun obstacle à la consommation.

Grande était notre erreur. L'histoire économique des peuples nous prouve que, pour les choses les plus nécessaires à la vie, il est des limites qui ne peuvent être im-punément dépassées. L'histoire économique de l'ouvrier français nous le montre malheureusement léger, imprévoyant, peu éclairé sur ses véritables intérêts, toujours prêt à diminuer ses frais de nourriture quand il est dans la gêne, rarement disposé à les augmenter quand il est dans l'aisance (1).

6. Recherches des causes de renchérisse-ment de la viande. Tableau du prix d'achat des animaux vivants depuis 1800.

Pour nous rendre compte des diverses phases de la consommation, nous n'avons eu besoin que d'examiner les variations qu'avait subies le prix de la vente au détail, et les circonstances extérieures au milieu desquelles les consommateurs avaient été placés.

Ces variations, qui les a produites ? ont-elles toujours été la reproduction fidèle des fluctuations qu'offrait le prix

---

(1) Je ne voudrais blesser en rien l'amour-propre des habitants de Rouen, mais je leur dois avant tout la vérité. L'erreur que je viens de signaler est le fruit des illusions qu'ils se sont faites sur leur position. Voisins de Paris, placés dans son rayon d'attraction, éloignés de Lyon, de Marseille, de Bordeaux, ils se sont persuadés qu'ils devaient imiter tout ce qui se faisait à Paris, et que, dans l'expérience des grandes cités que je viens de nommer, il n'y avait rien qui leur fût applicable. Sous le rapport des salaires et des bénéfices, ils se sont crus dans des conditions exceptionnelles. Tranchons le mot : on a cru à Rouen vivre de la vie de Paris.

Que dans les trente premières années du siècle, les salaires aient été, en général, plus élevés à Rouen qu'à Lyon et même à Marseille, je suis assez porté à le penser. Mais je dirai que depuis 1830, ils se sont nivelés. Je soutiendrai de plus, que Marseille est dans une position plus avantageuse que Rouen sous ce rapport. En voici un exemple :

Il y a quelques années, la chambre de commerce de Marseille, ayant des travaux à faire exécuter, ne put s'entendre avec les ouvriers du pays, dont les conditions lui parurent trop élevées, et trouva de l'économie à appeler des ouvriers du Havre, qu'elle payait cependant à raison de 5 fr. par jour.

Or, il faut savoir qu'à Marseille, pendant longtemps, la viande de bœuf, la moins chère, il est vrai, de toutes les viandes, ne s'est

des animaux vivants, et la valeur du cinquième quartier ?
Voilà une seconde question qu'il me serait aussi facile de
résoudre que la première , si , aux données certaines que
j'ai recueillies sur la valeur du cuir , du suif, etc., depuis
1800 , j'en pouvais joindre d'aussi sûres sur le prix des
animaux vivants.

J'ai exposé comment je m'étais trouvé dans l'impossibi-
lité de me les procurer. J'ai cependant essayé d'y suppléer.

À l'aide des matériaux que m'ont fournis les hospices,
je suis parvenu à établir la moyenne de leurs prix d'achat
pendant les dix-huit premières années du siècle, sauf, bien
entendu, pour les trois années 1802, 1803 et 1804. Pour les
années 1818 et 1819 , je n'ai pu découvrir de renseignements. Mais à partir de 1820 jusqu'en 1850, un état annexé

---

vendue que 1 fr. le kil., et qu'entre les prix de Lyon et ceux de
Rouen, il y a toujours eu, à l'avantage de la première de ces villes,
une différence de 15 et même de 20 c. par kil.

J'arrive maintenant à la tendance à imiter tout ce qui se fait à
Paris.

Paris avait ouvert ses abattoirs. La science est loin d'avoir reconnu l'utilité de cette création (a). Nous étions sous la Restauration. L'opinion publique accuse de gothiques préjugés , de barba-
rie, je crois , le véritable et loyal ami du peuple qui dirigeait
l'administration municipale (b), parce qu'il se refusait obstiné-
ment à doter la ville de l'un de ces établissements. Elle ne laisse
aucun repos à son habile successeur, jusqu'à ce qu'il lui ait donné
satisfaction.

Paris avait dépensé 18,000,000 pour faire de ses abattoirs des
monuments. Nous dépensions 1,200,000 fr. pour faire du nôtre un
établissement modèle.

Paris avait cru voir dans cette création une source de revenus
pour la caisse municipale. Nous supputions avec satisfaction les bé-

(a) Voir l'intéressant paragraphe que M. Lanjuinais a consacré, dans son rapport, aux abattoirs.

(b) M. le marquis de Martainville était persuadé que l'ouverture d'un abattoir
entraînerait inévitablement une hausse dans le prix de la viand .

au rapport de M. Lanjuinais sous le n° 13, m'a donné les prix des trois qualités de bœufs, de vaches, de veaux et de moutons, vendus sur les marchés d'approvisionnement de la capitale (1). J'en ai composé des moyennes que j'ai pla-

---

néfices qu'elle rapporterait à la nôtre; insensés et aveugles que nous étions! comme si ces bénéfices, en supposant qu'ils se réalisassent, ne devaient pas constituer une charge de plus pour la viande, et tourner au détriment des producteurs et des consommateurs!

La viande atteignait parmi nous les chiffres de 1 fr. 30 et 1 fr. 40. A Paris, elle s'élevait à 1 fr. 50 et 1 fr. 60, et cependant les ouvriers affluaient en grand nombre dans le sein de la capitale.

Oui, mais nous oublions qu'entre les salaires de Rouen et ceux de Paris, il y a une différence d'un quart: et ici je ne parle que des salaires des professions mécaniques. La différence serait bien plus grande, si je voulais établir le parallèle entre les industries rouennaises, et celles dont Paris a le privilége (a). De plus, l'ouvrier de Paris ne doit que dix heures de travail, et se fait payer toutes les autres. Nous oublions que Paris a, pour la nourriture de l'ouvrier, d'inépuisables ressources que n'offre pas la province. On ne se figure pas, par exemple, quels services rend à cette alimentation la desserte des maisons opulentes de la capitale.

En ce moment, sauf peut-être sur un ou deux points, l'on y obtient la viande de première qualité à 1 fr. 30, le kil. Il ne serait peut-être pas difficile de prouver, qu'en tenant compte des charges particulières qui pèsent sur la boucherie de Paris, ce prix est moins élevé que celui de Rouen. La basse viande y est descendue plus bas que partout ailleurs. La vente à la criée alimente de grands établissements. Sans parler des prix, en quelque sorte fabuleux, du restaurant de la Californie (b), je dirai que moyennant 1 fr. 50, un ouvrier peut s'assurer de la viande et du vin à ses trois repas.

(1) Il y a bien, dans le même volume, deux états sous les n°s 11 et 12, qui remontent jusqu'à 1812. Mais ces états sont rédigés suivant le vicieux système adopté par l'administration, de fixer la valeur par tête de bétail, comme si, en tout temps et en tout lieu, les animaux avaient le même poids

(a) Consulter sur ce point les documents statistiques publiés par la chambre de commerce de Paris

(b) Voir le 2e vol. de l'Enquête, p. 235 et 238.

cées dans un tableau à la suite de celles des hospices. On ne manquera pas de me dire que les hospices n'achetaient que de la viande de médiocre qualité, et que les prix des marchés d'approvisionnement de Paris n'étaient pas ceux des marchés d'approvisionnement de Rouen, et l'on aura raison. Mais l'on m'accordera bien, sans doute, que les hospices se sont conformés aux cours dans leurs achats, et que, quand il y a eu une hausse ou une baisse un peu prolongée à Poissy ou à Sceaux, cette hausse ou cette baisse s'est fait sentir à Routot. Cela suffira pour les comparaisons auxquelles j'aurai à me livrer. A la suite des prix d'achat, j'ai placé les prix de vente des cuirs, des peaux, du suif, des abats ou issues et du sang. Pour ne point embarrasser mon tableau par trop de chiffres, j'ai ramené à des moyennes annuelles les moyennes trimestrielles qui m'avaient été fournies pour l'un de ces produits. Comme *criterium* des prix auxquels la boucherie de Rouen a livré la viande à la masse des consommateurs, j'ai inscrit dans les dernières colonnes les prix de revient des hospices, pendant les dix-huit années où ils ont abattu eux-mêmes, les prix payés par eux aux bouchers pendant les trente-quatre autres, et la série des prix du Lycée depuis sa fondation. Les adjudications ou soumissions pour ces établissements ont lieu toutes les années. Les marchés des hospices diffèrent suivant que la viande est destinée à l'Hôtel-Dieu ou à l'Hospice-Général. Mais, depuis quatre ans, les fournitures ne se font plus qu'en viande de première qualité. Quant au Lycée, il n'en a jamais admis d'autre. L'usage de la boucherie de Rouen est de faire payer aux institutions particulières un peu nombreuses, 10 c. de moins par kil., qu'aux particuliers. Cet usage est suffisamment justifié par une grande différence dans les déchets.

Voici le tableau. Il est divisé, comme le précédent, par époques.

9

PREMIÈRE ÉPOQUE. — Prix de la viande au détail. — 1 fr. le kilog.

DEUXIÈME ÉPOQUE. — Prix de la viande au détail. — 1 fr. 10 cent. le kilog.

TROISIÈME ÉPOQUE. — Prix de la viande au détail. — 1 fr. 20 cent. le kilog.

QUATRIÈME ÉPOQUE. — Prix de la viande au détail. — 1 fr. 30 cent. le kilog.

CINQUIÈME ÉPOQUE. — Prix de la viande au détail. — 1 fr. 40 cent. le kilog.

SIXIÈME ÉPOQUE. — Prix de la viande au détail. — 1 fr. 30 cent. le kilog.

SEPTIÈME ÉPOQUE. — Prix de la viande au détail. — 1 fr. 20 cent. le kilog.

Résumons les faits qui en résultent :

De 1801 à 1807 les prix des bœufs et des vaches offrent peu de variations. Certaines inégalités qui se montrent d'une année à l'autre, indiquent l'irrégularité des approvisionnements, et l'état encore précaire de l'élève du bétail. Une tendance prononcée à la hausse se manifeste dans le prix des moutons qui, en 1801, valaient 1 fr. 09 c., et en 1817 atteignaient le prix de 1 fr. 57 c. Le prix du cuir et du suif s'élève également, et cette circonstance nous explique comment, malgré les inégalités dont je viens de parler, le prix de la vente au détail n'a pas changé dans les années 1805 et 1806

Une hausse dans le prix de tous les animaux marque l'année 1808. Cette hausse se propage jusqu'en 1818, et se trouve établie, non-seulement par les chiffres de la première colonne, mais par les prix des hospices. En 1820, elle est remplacée par une baisse qui se continue jusqu'en 1826. Les cuirs et les suifs augmentent de valeur dans le cours de cette période et finissent par atteindre un taux bien plus élevé que dans la précédente.

La troisième période nous offre une augmentation considérable dans le prix des animaux de 1827 à 1830, puis une baisse sensible.

De 1837 à 1841, hausse toujours progressive dans les prix payés par la boucherie, mais en même temps, hausse dans le prix du cuir et du suif.

Pendant la cinquième période, les prix sont un peu moins élevés que pendant la précédente. La valeur du cuir se maintient, celle du suif éprouve des oscillations, mais remonte à la fin à un taux avantageux.

La sixième nous présente une baisse énorme dans le prix des animaux sur pied. Nous atteignons les limites extrêmes du commencement du siècle. Le prix du cuir d'abord, puis celui du suif, obéissent au même mouvement.

Je n'ai pas donné les prix des animaux vivants pour l'année 1851, n'ayant aucun document officiel à ma disposition ; mais je ne crains pas de démenti, en affirmant qu'ils ont été inférieurs à ceux de 1850.

Essayons maintenant de répondre à la question que nous nous sommes faite. *Quelle cause a produit les varia-tions du prix de la vente au détail ?*

Je ne m'arrêterai pas aux première, deuxième et troisième périodes. Les prix de 1 fr. 10, puis de 1 fr. 20, me paraissent, sinon justifiés, du moins expliqués par la hausse du prix des animaux, l'augmentation des droits d'octroi, l'élévation des salaires et des frais généraux, etc. Mais en est-il de même des prix de 1 fr. 30 et de 1 fr. 40 que nous présentent les quatrième et cinquième époques ?

Avant que les profits de la boucherie fussent devenus l'objet d'études spéciales, et que les mystères dont cette profession a toujours cherché à s'entourer, eussent été pénétrés, il y avait un axiome généralement admis dans toute la France, et que, pendant de longues années, les bouchers n'avaient jamais contesté. C'est que, même à Paris, la vente du cinquième quartier représentait leurs frais et leurs bénéfices, et qu'ils ne pouvaient, *sans se rendre coupables d'une véritable exaction*, vendre la viande à leur étal, plus cher qu'ils ne l'avaient achetée debout.

Depuis, l'on y a regardé de plus près. A la suite d'expériences faites en 1845, 1846, 1849 et 1850, contradictoirement avec le syndicat de la boucherie de Paris, M. Langlois, rapporteur d'une commission, s'est cru autorisé à déclarer à l'Assemblée nationale, au mois de février 1851, que les profits faits par les bouchers sur le cinquième quartier, leur permettaient de vendre le bœuf 10 c. de moins qu'ils ne l'achetaient, même en tenant compte des droits d'octroi.

Si on se livre à un examen rétrospectif en prenant ces

principes pour guide , et en se souvenant que le mouton, le plus cher des animaux qu'on abat à Rouen , n'est entré dans l'alimentation des habitants que pour 15 à 16 p. cent pendant les quatrième et cinquième périodes, et ne fournit point de basse viande , l'on reconnaîtra que le prix de 1 fr. 30, et surtout celui de 1 fr. 40, ne saurait être justifié.

Voulant éviter les longs calculs , nous recourrons à une voie moins directe, mais plus expéditive pour trancher la question.

Il n'en est pas de la viande comme du pain. Le rendement de chaque sorte de farine est assez connu, la manipulation qu'elle subit, avant d'être transformée en aliment, est assez simple, et les bénéfices que cette manipulation présente sont assez faciles à déterminer, pour que le prix du pain puisse être, semaine par semaine , ou quinzaine par quinzaine, la reproduction plus ou moins fidèle du prix de la matière première, augmentée des profits légitimes de la boulangerie. Dans la réalité, nos boulangers de province sont des fabricants et ne sont pas des négociants.

Il y a au contraire tant de différence, sous le rapport de la qualité comme sous celui de la quantité de viande, de cuir, de suif, entre des animaux de même espèce, qu'il est souvent impossible de fixer d'avance les profits que présentera leur abattage. Le prix du suif varie à Rouen de semaine en semaine. A Paris celui du cuir est devenu mobile. Voilà ce qui rend la taxe de la viande, non pas impraticable , comme on l'a imprimé l'année dernière parmi nous (la meilleure preuve qu'elle est *praticable*, c'est qu'elle est *pratiquée* à Valenciennes, à Saumur, à Tours, à Toulouse, etc.), mais ce qui la rend inefficace, arbitraire et quelquefois injuste. Voilà ce qui fait de nos bouchers de véritables négociants.

Un négociant , pour conserver sa clientèle , est souvent obligé de perdre sur certains objets, sauf à se dédommager sur d'autres. Il consentira, au besoin, à réduire prodigieusement ses bénéfices pendant plusieurs années, il acceptera même des pertes consécutives, dans l'espoir d'un meilleur avenir.

C'est ce que font évidemment les bouchers. Comment expliquer autrement la fixité de leurs prix? Comment la justifier surtout dans certaines années, où l'abaissement notoire, manifeste de la valeur des animaux, semble légitimer dans la bouche de tous les consommateurs, le reproche *d'exaction* qui leur est adressé? Comment comprendre, par exemple, qu'en 1849 et 1850, ils aient fait payer la viande 1 fr. 30, alors qu'ils auraient pu la livrer à 1 fr. 10.

J'ai dit ce que je pensais des mercuriales. Quand elles seraient sincères, il faudrait bien se garder de les considérer, ailleurs qu'à Paris (1), comme la mesure infaillible des pertes ou des bénéfices réalisés par les acheteurs.

Il est de maxime à Rouen, *qu'un boucher qui veut suivre les cours est certain de se ruiner.* La même règle est probablement professée à Marseille et à Turin. Les bouchers achètent souvent, fort souvent, au-dessous du cours. Ce fait, d'une évidence à brûler les paupières pour quiconque a examiné les choses de près, renverse par leur base, pour le dire en passant, tous les calculs qui ont été présentés au public de Rouen dans l'intérêt des bouchers.

Ces prémisses posées, j'arrive à la question que je me suis faite, et je la résous sur-le-champ.

Si, en 1832, l'on eût ouvert une large porte à la concurrence entre la boucherie urbaine et la boucherie foraine, si en 1837, par l'ouverture d'un abattoir, l'adoption d'un tarif calqué sur celui de la capitale, et l'augmentation

---

(1) Les règlements ne permettent aux bouchers de la capitale de s'approvisionner que sur les marchés.

des frais généraux pour la boucherie urbaine, l'on n'eût pas fourni à cette boucherie un motif d'augmentation, la viande serait restée, au moins jusqu'en 1842, au même taux que dans la période précédente. Sur ce point ma conviction est ferme, inébranlable. La hausse du prix des animaux sur pied ne se trouvait-elle pas compensée, par la hausse toujours progressive du suif et du cuir ? Pendant la période précédente, de 1827 à 1830, n'était-il pas déjà survenu une hausse, et cette hausse, la boucherie ne l'avait-elle pas très bien supportée sans augmenter ses prix, de même qu'elle n'avait pas fait profiter le public de la baisse qui avait signalé les années 1820-1826 ? Sauf une légère addition de 2 c. déterminée en 1838 par l'ouverture de l'abattoir, les prix du Lycée, jusqu'en 1844, ne présentent-ils pas la plus constante fixité ? Nous avons dit que l'écart admis par l'usage, entre le prix payé par les institutions et celui payé par les particuliers, était de 10 c. Portons le à 15, à 20 ! Jusqu'en 1844, nous obtiendrons le prix de 1 fr. 20, qui est précisément celui qu'il s'agissait de maintenir.

En terminant ces aperçus historiques, j'aurais désiré pouvoir comparer la consommation actuelle de Rouen avec celle des principales villes de France. La loi du 10 mai 1836 les a toutes obligées à transmettre chaque année au gouvernement, le relevé des quantités de viande consommées par leurs habitants. La publication de ces relevés serait de la plus grande utilité. Le Gouvernement n'en a pas encore publié un seul. Une circonstance particulière me permettra cependant d'établir un parallèle entre Rouen et Paris.

Dans une allocution prononcée, il y a quelques mois, à l'occasion de l'installation des juges consulaires, M. le préfet de la Seine a annoncé, que la consommation de la viande avait atteint en 1851 le chiffre de 75 kil. par habitant, et qu'elle promettait de le dépasser en 1852, par suite de l'extension que prenait chaque jour l'introduction des viandes dépecées au dehors.

L'affectation avec laquelle M. Berger a insisté sur ce chiffre de 75 kil., m'a prouvé qu'il avait voulu, du moins mentalement, établir une comparaison entre la consommation actuelle de Paris, et cette consommation en 1791, telle qu'elle a été constatée par Lavoisier.

Dans un petit écrit qui a pour titre : *Résultats d'un Ouvrage intitulé : De la Richesse territoriale du royaume de France*, imprimé en 1791, par ordre de l'Assemblée constituante (1), cet homme illustre nous fournit les chiffres suivants. (p. 40 et 41).

La moyenne en poids des bœufs abattus

était de.	700 livres.
Celle des vaches, de.	360
des veaux, de.	72
des moutons, de. . . .	50
des porcs, de	200

Bœufs	70,000	49,000,000
Vaches. . . .	18,000	6,480,000
Veaux	120,000	8,640,000
Moutons . . .	350,000	17,500,000
Cochons . .	35,000	7,000,000
Viande dépecée		1,380,000
		90,000,000 livres.

Répartissant ce total de viande entre tous les habitants de Paris, dont il porte le chiffre à 600,000, il trouve pour chacun d'eux, la moyenne annuelle de 150 livres.

(1) Il a été réimprimé deux fois depuis; d'abord en mai 1819, par les soins de Madame Huzard (on y a joint un petit traité d'arithmétique politique, par Lagrange); puis dans le tome 14 de la *Bibliothèque économique* de Giraumont. C'est l'édition de Madame Huzard que nous avons consultée.

Il nous apprend que la viande ne se vendait que 9 sols la livre, et que cependant, les entrées rapportaient, tant au Gouvernement qu'aux hôpitaux et à la ville de Paris, la somme énorme de 36,500,000 livres (1).

Malgré toute l'autorité des paroles d'un magistrat aussi éminent que M. Berger, j'ai cru devoir soumettre au calcul les données authentiques qui m'ont été fournies sur la consommation de Paris en 1851. Je suis loin d'avoir obtenu un résultat aussi avantageux que celui qu'il a solennellement proclamé.

Viande.

Viande de boucherie provenant des abattoirs	48,353,611 kil.
Viande de porc et graisses provenant de l'intérieur.	3,631,228
Viande de boucherie provenant de l'extérieur.	11,249,714
Viande de porc et graisses provenant de l'extérieur	5,219,253
Charcuterie de toute espèce	1,234,054
	69,687,860 kil.

(1) Voici les chiffres de la consommation de Paris en 1800 et 1850. Je les ai empruntés à l'état n° 2. — *Rapport de M. Lanjuinais.*

1800 :

Bœufs.	67,280	
Vaches	13,333	
Veaux	86,393	
Moutons.	315,620	
Porcs.	46,566	
Viande dépecée.		361,646 kil.

1850 :

Bœufs.	83,374	
Vaches.	16,028	46,627,975
Veaux.	75,450	
Moutons.	482,204	
Porcs.	39,504	3,783,205
Viande dépecée de boucherie		9,057,391
idem de Porc. . . .		5,344,506
		64,813,077 kil.

Abats.

Abats et issues de veau pro-
venant de l'intérieur . . . 904,524 k
Abats et issues de porc, idem 494,266
Abats et issues de veau pro-
venant de l'extérieur . . . 940,784
Abats et issues de porc , idem 767,866

3,107,440 k

J'ai donné, p. 89, les raisons qui doivent empêcher de comprendre les abats et issues, dans les calculs sur la consommation de la viande. En divisant le chiffre de 69,687,860 kil. par celui de 1,055,262 habitants , fourni par le recensement de 1851, on obtient le chiffre de 66, et non pas celui de 75 kil.

Ce chiffre est-il tellement avantageux qu'il ouvre, en quelque sorte, aux habitans de Paris *une ère nouvelle ?* Je ne saurais encore, sur ce second point, partager les espérances de M. Berger.

Voici les chiffres fournis par l'administration municipale de Paris pour 1825 (Etat n° 2. — *Rapport de M. Lanjuinais*) :

Bœufs.. 82,866
Vaches. 12,807
Veaux.. 79,545
Moutons 425,135
Porcs.. 92,551
Viande dépecée . . . 1,600,000 kil.
Charcuterie. 698,590

Si maintenant, l'on multiplie les bœufs par la moyenne de 334 kil. 35 que cette administration a donnée pour 1825 , par l'intermédiaire du ministre de l'agriculture, à la commission parlementaire (*Rapport de M. Lanjuinais,*

p. 14), les vaches, les veaux, les moutons et les porcs, par les moyennes de 230. de 60, de 22 et de 100 kil. , qui, d'après une étude approfondie, que j'ai faite des documents contenus dans les archives statistiques officielles, m'ont paru devoir être celles de Paris pour la même année, l'on obtiendra un total en viande de boucherie ou de porc, abattue à l'intérieur ou provenant de l'extérieur, de 54,032,807 kil. qui, divisé par le chiffre de 740,000 âmes, que la progression arithmétique assigne à Paris en 1825, donne, par habitant, 73 kil. (1).

Comparée à 1825, l'année 1851 prouve donc que la consommation a diminué à Paris au lieu d'augmenter.

Je n'aime à détruire les illusions de personne. A plus forte raison, respecterais-je celles d'un magistrat appelé à remplir la glorieuse, mais lourde tâche de continuer MM. de Chabrol et de Rambuteau, si je ne m'étais promis de dire tout ce que je croirais vrai et utile.

M. le Préfet, et la commission municipale qui l'entoure, me paraissent livrés à une bien étrange préoccupation.

Ils désirent procurer à leurs administrés la viande à bon marché. Rien assurément de plus louable, mais ils ne veulent rien réduire des taxes énormes et oppressives qui pèsent sur la viande à Paris, et qui s'élèvent à 12,34 par kil , suivant la commission parlementaire, (voir T. Ier de l'Enquête, p. 23 et 374), et presque à 13 en tenant

---

(1) Voici le chiffre de la population de Paris à diverses époques, tel qu'il résulte des documents officiels :

Années	
1801	524,186
1811	622,636
1821	713,966
1831	774,388
1836	909,126
1841	935.261
1846	1,053,897

compte d'une circonstance qui a échappé à cette commission (1). Ils ne veulent point revenir sur la mesure qui fait payer à la boucherie foraine un droit d'abattage pour des abattoirs dont elle n'use pas. Ils entendent ne rien retrancher des profits de la caisse de Poissy que M. Lanjuinais a si justement flétris par l'épithète d'*usuraires*. Ils paraissent peu disposés à faire cesser le singulier état de choses en vertu duquel six cents bouchers ont seuls le droit d'abattre à Paris et *sont néanmoins affranchis de toute taxe.*

Dans de pareilles conditions, la viande à bon marché est une chimère.

Rendons toutefois cette justice à la commission munipale : elle ne s'est jamais beaucoup fatiguée pour l'atteindre.

De la comparaison de ces chiffres avec ceux que nous avons recueillis pour Rouen, il résulte qu'en 1825, l'habitant de Rouen a consommé 18 kil. de viande de moins que celui de Paris, et en 1851, 15 kil.

Que si, allant plus loin, nous cherchons à établir un parallèle entre la manière, dont l'habitant de Rouen et celui de Paris associent entre elles les diverses viandes, voici les chiffres que nous obtiendrons.

A Paris, je n'ai opéré que sur l'année 1825 pour le porc, et que sur les années 1825 et 1850 pour les trois autres viandes.

La proportion du porc dans le chiffre de la consommation générale de Rouen, est de 15 à 16 p. 100. A Paris, elle est de 20.

La proportion respective des trois sortes de viandes, Bœuf ou vache, veau et mouton, est à Rouen de 68 p 100

---

(1) Dans les villes de province, à Rouen, par exemple, les bouchers ne paient rien pour le cuir et le suif provenant de l'abattage. A Paris, le cuir et le suif sont frappés d'un droit distinct.

pour la première , de 16 pour la seconde, et de 16 pour la troisième.

A Paris, elle est de 68 pour la première, de 10 pour la seconde, et de 22 pour la troisième.

Ce qu'il y a de fort remarquable , c'est que les chiffres de Lavoisier nous donnent, en 1791, les mêmes proportions.

***

SECTION TROISIÈME.

Conséquences pratiques des faits exposés. — Avis aux consommateurs et aux producteurs.

1. Nécessité d'une entière liberté pour le commerce de la viande.

Il n'appartient qu'à un esprit vulgaire et sans portée , de se placer dans le temps présent pour juger les temps passés , et de déverser à pleines mains le blâme et le dénigrement sur les institutions qu'ils ont produites. Que les corporations de bouchers, à une époque où les communications étaient difficiles , les capitaux rares, les approvisionnements incertains, aient rendu d'importants services ; qu'au commencement de ce siècle , dans un moment où le numéraire était peu abondant , et où une usure effrénée rançonnait les villes et les campagnes , la concentration du commerce de la viande dans un petit nombre de mains probes et connues , ait contribué à rétablir et à encourager parmi nous l'élève du bétail : voilà ce qu'il y aurait une extrême injustice à méconnaître. Mais , aujourd'hui , les circonstances ne sont plus les mêmes. Les communications sont faciles, rapides, instantanées , les capitaux abondants. La concurrence a forcé chaque industrie, chaque commerce , à réduire ses frais généraux , à dégrever ses produits ou ses marchandises des charges parasites qui en augmentaient le prix de revient , à se contenter de faibles bénéfices , souvent reproduits. Il est impossible

de soustraire plus longtemps le commerce de la boucherie
à la loi commune. Un régime de complète liberté est le seul
qui lui convienne, le seul qui puisse protéger à la fois
les intérêts des producteurs et ceux des consommateurs.
C'est par l'adoption de ce régime, c'est par l'abolition de
tout monopole, de tout privilége, bien plus que par une
introduction de bestiaux étrangers, nécessairement limitée
par la position insulaire de la Grande-Bretagne, et les préférences de ses habitants, que nos voisins ont réussi à
mettre la viande à la portée des classes les plus modestes (1).

---

(1) Ce que je viens de dire doit être entendu d'une manière *relative* et non *absolue*. Il ne faut pas croire, qu'en Angleterre, la
viande soit moins chère qu'en France. L'Enquête parlementaire contient, sur ce point, (t. 1er, p. 264 et 394) quelques détails qui
manquent de précision et d'exactitude. Je suis en mesure d'assi-
gner ici des chiffres positifs au prix des principaux comestibles.
Je les tiens d'une personne digne de la plus grande confiance,
appartenant à une famille anglaise qui, après avoir habité la France
pendant de longues années, l'a quittée pour l'Angleterre en 1848,
et a cherché, avec un soin tout particulier, à se rendre compte des
différences de prix qui peuvent exister entre les deux pays. La
chose m'a été d'autant plus facile, que l'usage impose aux fournisseurs anglais l'obligation de se présenter tous les matins dans
les maisons un peu opulentes, pour y prendre les ordres du maître
ou de celui qui le remplace, et les inscrire sur un livre. Il serait
bien à souhaiter que la même habitude s'introduisit en France.
Elle couperait court à ce honteux échange de complaisances coupables et de cadeaux, qui a lieu entre nos fournisseurs et les gens
de service, et qui est l'une des plus grandes plaies de la boucherie
parisienne.
    Les prix que je vais donner sont ceux de *Brighton*. Dans cette
ville, la vie est aussi chère qu'à Londres.
    Les Anglais ont deux livres, l'une appelée *Livre de Troy*, qui ne
représente que 393 de nos grammes, et ne sert que pour la monnaie
et les objets précieux d'un petit volume; l'autre, qu'ils désignent
sous le nom de livre *impériale avoir du poids*, qui correspond à 453
grammes et une fraction, et qui est la seule employée par le com-

A Rouen, nous sommes entrés à pleines voiles dans cet
unique port de salut. Nos marchés publics à la viande qui,
de fait, pendant quarante-sept ans, étaient restés fermés,
alors que ceux de Paris étaient fréquentés, se sont rou-
verts, comme nous l'avons dit, et ont vu chaque jour
leurs approvisionnements augmenter. Non-seulement les
bouchers de la banlieue, mais ceux de la ville, y sont venus
exposer des viandes dont le prompt débit à leur étal était difficile. Le total des viandes dépecées qui n'avait été en
1846, que de 38,692 kil., a atteint, en 1851, le chiffre
élevé de 681,884 kil.

Les ouvriers employés par les diverses industries ma-

---

merce. Notre kilogramme peut donc être regardé comme l'équiva-
lent de deux livres, *avoir du poids*, plus un neuvième.

A Brighton, depuis le commencement de 1852 jusqu'à la récolte,
le pain de quatre livres de première qualité s'est vendu 60 cent., ou
33 cent. le kil. Depuis la récolte, il se vend 65 cent., ce qui met le
kilog. à 36 centimes.

On trouve qu'aux époques correspondantes, le pain valait, à
Rouen, 30 et 32 centimes.

La viande de bœuf, de première qualité, vaut 80, 75 et 70 cent.
la livre, suivant qu'elle est prise au centre de la partie postérieure
de l'animal ou sur un point qui s'en éloigne. L'usage de séparer le
filet de l'aloyau n'existe nulle part. Seulement, on paie 1 fr., et
quelquefois davantage, un morceau destiné aux *beefsteak*. La basse
viande se vend 60, 55 et 50 cent. la livre, jamais moins. Le mouton
de qualité inférieure vaut 65 cent.; celui de qualité supérieure,
80 cent. Le prix du veau, qui du reste est fort rare, se rapproche
de celui du bœuf.

Prenant pour moyenne les prix de 75 et de 45, et y ajoutant un
neuvième, nous trouvons, en nombres ronds, 1 fr. 46 cent. pour le
kilogramme de viande de première qualité, et 1 fr. 22 cent. pour
celui de la basse viande, prix supérieurs aux nôtres. Il y a une
circonstance importante, cependant, dont il faut tenir compte.
L'usage de joindre à la viande *un morceau de réjouissance*, ou n'a
jamais existé en Angleterre, ou n'y existe plus. Une très ancienne
règle, suivie parmi nous, voulait, je crois, que ce morceau n'excé-
dât jamais le sixième du poids total. Aujourd'hui, on le porte au

nufacturières de Rouen , sont réunis dans de vastes ateliers., où le nombre des femmes dépasse ordinairement
celui des hommes. Peu de temps leur est accordé pour la
préparation de leurs aliments. L'administration municipale
a parfaitement compris que , pour une population placée
dans de pareilles conditions , il ne suffisait pas d'ouvrir des
marchés, mais qu'il était indispensable de les placer au
sein même des quartiers qu'elle habite, et qu'au lieu qu'ordinairement , c'est le consommateur qui va chercher les
objets à consommer , il fallait que ce fussent ces objets qui
vinssent chercher le consommateur.

Les dernières entraves que des règlements de police

---

quart en beaucoup de lieux. L'affranchissement de la réjouissance
a été estimé tantôt à 5, tantôt à 10 cent. par kil.

Adoptons le chiffre de 10. Nous aurons celui de 1 fr. 36 pour la
première espèce de viande, et celui de 1 fr. 12 pour la seconde.

La viande ne supporte, en Angleterre , aucun droit d'octroi ou
d'abattoir. Ces droits la renchérissent, dans nos grandes villes, de
10 cent., et, à Paris, de 13. Pour établir une comparaison juste entre
les prix de revient des deux pays, il faut donc les déduire.

Les seuls comestibles qui y soient meilleur marché , sont le poisson et le gibier, dont les ouvriers font peu d'usage. Pour le turbot, la
barbue et la sole, la différence est de près de moitié. Pour le saumon, elle est moindre. Quand il est très abondant, son prix descend
à 1 fr. 40 cent. le kil.; quand il est très rare, le prix s'élève à 6 fr. 50.

Grâce aux droits qui pèsent sur la drèche, l'ouvrier paie 30 cent.
le litre de bière. Il y supplée, il est vrai , par du *gin*, boisson moins
chère, mais moins salubre.

En présence de ces faits, explique qui le pourra l'intrépidité
avec laquelle certains écrivains français osent affirmer, que les mesures de Robert Peel ont eu pour résultat de rendre la vie de l'ouvrier anglais moins chère que celle de l'ouvrier français !

J'oubliais de dire qu'à Brighton, comme à Paris et à Turin, les
bouchers se plaignent de la modicité des prix, et assurent que si
elle continue, ils seront ruinés, qu'ils seront obligés de fermer leur
étal; ce qui ne les empêche pas de le tenir toujours convenable-
ment garni.

10

présentaient au développement de la concurrence, ont disparu, et un arrêté vraiment libéral a été récemment promulgué par M. le maire. Ce ne sera pas l'un de ses moindres titres à la reconnaissance des habitants de Rouen. D'autres projets, nous le savons, sont médités par lui pour assurer à notre ville l'abondance et la facilité des approvisionnements.

Ces mesures sont excellentes. Généralisées dans toutes les villes de France, elles auraient d'heureux résultats ; mais elles ne répondent pas, à beaucoup près, à ce qu'exige impérieusement l'intérêt combiné du producteur et du consommateur.

L'intérêt apparent du dernier est d'acheter toujours au meilleur marché possible ; l'intérêt apparent du premier est de vendre toujours très cher.

Mais l'intérêt réel de tous les deux veut, qu'entre la limite où l'un ne peut plus acheter, et la limite où l'autre ne peut plus vendre, il y ait une certaine latitude qui permette aux prix d'osciller, et à la spéculation de s'exercer.

2. Détresse des éleveurs. Causes de cette détresse.

Or, malheureusement, le commerce du bétail n'est plus dans ces conditions normales, sans lesquelles tout commerce, toute industrie, est inévitablement condamnée à périr. La limite où le gain cesse, et où la perte commence pour le producteur, est atteinte parmi nous depuis plus de trois ans.

Aussi un mortel découragement s'est-il emparé des éleveurs, et de tous les points de la France, ne cessent-ils de faire entendre des cris de détresses. Plusieurs, dans le Calvados et la Manche, ont abandonné leurs herbages. Le plus grand nombre a demandé et obtenu des réductions du quart, du tiers même, dans le prix de leur ferme. Les propriétés consacrées à l'engraissement du bétail y ont perdu plus d'un cinquième de leur valeur. Dans les départements où le sol est exploité, soit par le propriétaire lui-même, soit par des colons partiaires, et ce sont les plus nombreux, la gêne a dépassé toute expression. Dans le département de l'Ain, j'ai vu en 1849 de malheureux cultivateurs trouver à peine 1 fr., de jeunes porcs de six semaines, et l'élève de ces animaux formait leur principale ressource. En 1850, dans l'arrondissement d'Yvetot, de petits propriétaires ou de pauvres fermiers ont été réduits à abattre, à dépecer eux-mêmes leurs porcs, à en colporter la chair dans les villes. Ils s'estimaient heureux quand ils en obtenaient le prix de 70 à 80 c. le kil. Le mouvement qui poussait tous les cultivateurs aux progrès, aux perfectionnements, et dont j'ai constaté avec tant de bonheur les symptômes dans mon introduction, s'est soudain arrêté: Les améliorations ont cessé. Ainsi les mines de Litry, dans l'arrondissement de Bayeux, qui fournissaient chaque année pour 800,000 fr. de charbon, employés à produire de la chaux pour la culture, en vendent à peine, depuis 1848, pour 400,000.

Et cependant, malgré l'énorme dépréciation des animaux, la viande n'est pas descendue dans les villes, aussi bas qu'elle aurait dû le faire. Que l'on consulte les états que j'ai donnés plus haut, que l'on rapproche les années 1849, 1850 et 1851 des premières du siècle, et l'on reconnaîtra que ce n'est pas à 1 fr. 20, mais à 1 fr. qu'elle aurait dû être livrée aux consommateurs de Rouen.

A quoi donc attribuer ce funeste état de choses? A quatre causes générales: d'abord, et avant tout, au défaut de liberté dans le commerce de la viande, défaut de liberté qui, dans plus d'une ville, a laissé des traces, malgré la loi du 10 mai 1846, et qui prend sa source à Paris, dans un état de choses anormal dont il n'y a plus d'exemple ailleurs, ensuite à l'élévation des droits d'octroi et autres charges municipales, à l'avilissement du prix du cuir, du suif, etc., enfin au taux extrêmement inférieur auquel la boucherie a été obligée de livrer ce qu'elle appelle, à Paris et à Rouen, basse viande ou bas morceaux. Je n'ai rien à ajouter à mes considérations sur la première de ces causes. Tout ce mémoire en est la justification. Je dirai quelques mots de la dernière, puis je passerai aux deux autres.

3. De la basse viande.

S'il fallait en croire quelques témoignages peu dignes de confiance, la différence entre le prix de la viande ordinaire, et celui de la viande de première qualité n'aurait été, pendant les vingt premières années du siècle, que de 10 c. par kil. De nos jours, elle a été de 30 et même de 40 c. Dans certains quartiers de Paris, la basse viande ne se vendait l'année dernière que 60 c. le kil. Depuis huit mois elle est remontée à 80 c. Le seul moyen que puisse employer l'autorité pour combattre cette cause d'avilissement, c'est de multiplier les marchés où la basse viande est débitée.

4. Élévation des droits d'octroi.

Méconnaître l'influence des droits d'octroi et d'abattoir sur la consommation, serait nier l'évidence. Retranchez-les, et vous rendez sur le champ aux prix leur élasticité!

C'est ce qu'a parfaitement compris la commission d'enquête parlementaire. Aussi a-t-elle demandé qu'à partir du 1er janvier 1860, la viande, considérée comme substance alimentaire de première nécessité, fût affranchie de tout droit d'octroi, et qu'en attendant, à compter du 1er janvier 1853, les droits d'octroi et d'abattoir réunis ne pussent excéder, en aucune commune, 5 c. par kil.

Je doute beaucoup, je l'avoue, que la position financière des 1218 communes où la viande est imposée (1) leur per-

(1) Le rapport de M. Lanjuinais n'en mentionne que 1213, p. 52. Mais, d'après un document provenu du ministère des finances, il y en a 1218. Sur ces 1218 il en est 643 où le droit, étant de 8 fr. et au-dessous au moment de la loi du 2 mai 1846, a continué à se percevoir par tête, et 575 où il doit se percevoir au poids.

mette jamais d'adopter la réforme radicale proposée par la commission, et de retrancher les 24 millions, qui représentent le produit des droits sur la viande, des 86 millions auxquels s'élève le produit brut de leurs octrois.

Mais quant à la seconde proposition, elle me paraît aussi sage que conforme aux principes. Je crois que non-seulement dans l'intérêt de leurs habitants, mais même dans l'intérêt de leurs finances qui, se trouveront toujours mieux d'un impôt modéré que d'un impôt excessif, les grandes villes doivent se hâter de l'adopter.

Un décret récent va leur permettre de le faire, sinon totalement, du moins partiellement, sans que leurs revenus en éprouvent la plus légère atténuation.

Le budget de 1852 renferme l'abandon par l'état, non pas au profit des villes, mais au profit des consommateurs, du décime qui était prélevé sur le produit des octrois.

Répartie sur tous les objets compris dans les tarifs, cette diminution d'un décime n'amènera qu'une réduction peu sensible, difficile, pour ne pas dire impossible, à traduire dans les relations du consommateur avec le marchand, et dont, en définitive, ce dernier seul profitera.

Combien il est regrettable que l'auteur de cette mesure, si longtemps sollicitée par les villes, n'ait pas complété son œuvre en faisant porter exclusivement la réduction sur l'objet qu'il était le plus urgent de dégrever, sur la viande! Ce qu'il n'a point fait, il a, par des instructions subséquentes autorisé les villes à le faire.

Il serait non moins honorable pour Rouen, que conforme aux véritables intérêts des populations dont il est la métropole, d'entrer le premier dans cette voie. Les droits sur la viande lui ont rapporté en 1851, 448,314 fr. Le décime représente 140,000 fr. La réduction, comme on le voit, serait assez considérable pour exercer une influence sensible sur les prix.

Toutefois ce chiffre de **140,000** fr. devrait, dans mon opinion, subir un prélèvement peu important, dont je vais indiquer l'application.

Bien que la création des abattoirs n'ait eu pour objet que d'assurer la propreté et la salubrité des villes, et de rendre plus facile la perception des droits et la surveillance de l'autorité, il est malheureusement vrai que plusieurs d'entre elles, croyant y trouver une source importante de revenus, se sont laissé entraîner à des dépenses tout-à-fait hors de proportion avec le but qu'il s'agissait d'atteindre.

Sous quelque face que la science envisage cette spéculation, elle ne peut que la blâmer.

Voici les seuls principes que la justice et l'économie politique puissent avouer.

Les villes ne doivent mettre à la charge des bouchers, et par conséquent de la viande, que le prix du service rendu, c'est-à-dire le prix de ce qu'il leur en aurait coûté pour abattre chez eux, au lieu d'abattre dans l'édifice communal. Le surplus de la dépense doit rester à la charge de tous les habitants, et comme, en définitive, les octrois sont à peu près le seul revenu des villes, il doit être réparti entre tous les articles du tarif.

Je ne saurais souscrire aux calculs auxquels on s'est livré, dans l'intérêt des bouchers de Rouen, sur l'augmentation de leurs frais généraux, par suite de l'ouverture des abattoirs (1). Mais je ne puis m'empêcher de déclarer, que l'ensemble des taxes qui pèsent sur chacun d'eux, excède les frais de location d'une tuerie particulière, quand,

---

(1) On a affirmé qu'ils étaient tous obligés d'avoir un cheval et une voiture, quand il est notoire que plusieurs font transporter leur viande par des entrepreneurs, comme à Paris.

à ces taxes, on ajoute l'obligation d'un déplacement plus ou moins dispendieux.

Je verrais un double avantage à rentrer dans le vrai ; d'abord, celui d'être juste, et c'est bien quelque chose, et puis celui d'être autorisé à tenir la balance parfaitement égale entre la boucherie urbaine et la boucherie foraine ; car ce n'est qu'à cette condition qu'on maintiendra une concurrence sérieuse et durable.

Le rapporteur de la loi du 2 mai 1846 à la chambre des pairs, et le ministre des finances (M. Lacave-Laplagne), dans des instructions remarquables par leur précision et leur netteté, avaient formellement annoncé que, dans la fixation du droit sur la viande dépecée, on ne ferait jamais entrer les charges d'abattoir, attendu qu'il y avait une iniquité flagrante à faire payer aux bouchers du dehors, un service qu'on ne leur rendait pas.

Néanmoins, dans un grand nombre de villes, on est parvenu, en adoptant, pour l'évaluation de la viande nette, des bases que la science ne saurait ratifier, à éluder ces sages prescriptions et à imposer, sur la viande dépecée au dehors, un droit supérieur à celui de la viande débitée par la boucherie urbaine.

C'est ce dont il est facile de se convaincre, en jetant un coup d'œil sur le relevé des droits d'octroi sur la viande, dans les principales villes de France, que je vais donner.

Après avoir accordé aux bouchers de Rouen une réduction dans les taxes d'abattoirs, on établirait donc entre eux et les bouchers forains cette égalité de droits qui a été la pensée dominante des législateurs de 1846.

Pour que la réduction ne portât point atteinte aux revenus de la ville, on prendrait d'abord, sur le chiffre de 140,000 fr., une somme égale à celle dont elle les diminuerait.

Le reste serait employé à faire disparaître ce que j'appellerai les erreurs hygiéniques et économiques du tarif, c'est-à-dire, à niveler les droits sur les quatre sortes de viande (1), puis à les abaisser dans une proportion uniforme.

5. Tableau des droits d'octroi sur la viande dans les principales villes de France.

Voici l'indication des droits d'octroi dans les villes de Paris, Rouen, Lyon, Marseille, Toulouse, Bordeaux, Nantes, Lille et Strasbourg, en 1851.

Octroi de Paris. — Produit brut : Environ 7,500,000 fr.

Toutes espèces de viande abattue à l'intérieur 0,0940 le kil.
Les mêmes viandes provenant de l'extérieur 0,112
Abats et issues de veau 0,08
Abats et issues de porc 0,04
Charcuterie. 0,22

Il faut ajouter à ces droits le décime ; plus, pour la viande abattue à l'intérieur, les taxes d'abattoir et de caisse de Poissy.

Octroi de Rouen. — Produit brut : 448,314 fr.

Bœuf sur pied.	0,046	Dépecé.	0,09
Veau sur pied	0,068	—	0,14
Mouton sur pied	0,0545	—	0,11
Porc sur pied	0,07	—	0,085

Viande salée. 0,30

---

(1) On ne se figure pas les avantages que présente une taxe unique pour la perception des droits.

Octroi de Lyon — Produit brut : 950,000 fr. (1).

Bœuf et mouton sur pied . .	0,0449	Dépecés.	0,12
Veau	0,0917	—	0,12
Porc , par tête	9	—	0,12 [2)
Viande salée.	0,20		

Octroi de Marseille. — Produit brut : 870,000 fr.

Tous les bestiaux sur pied . 0,0593 Dépecés 0,12

Octroi de Toulouse. — Produit brut : 433,000 fr.

Tous les bestiaux sur pied . . 0,055 Dépecés 0,11

Octroi de Bordeaux. — Produit brut : 833,000 fr.

Bœuf. mouton , chèvre, etc.	0,0440	Dépecés	0,0875
Veau et porc.	0,0620	—	0,0875
Viande salée.	0,1150		

Octroi de Nantes. — Produit brut : 322,000 fr.

Tous les bestiaux, sauf le porc.	0,0465	Dépecés.	0,09
Porc	0,0775	—	0,10
Viande salée.	0,15		

(1) Dans ce chiffre n'est pas compris le produit de l'octroi des trois villes , de la Croix-Rousse , de la Guillotière et de Vaize.

(2) Le droit au poids ayant été établi à Lyon par ordonnance royale, bien avant la loi du 2 mai 1846 , et les porcs ayant été exceptés de la mesure, le gouvernement n'a rien voulu changer à l'état de choses existant. C'est la seule exception de ce genre qui ait été admise en France.

Octroi de Lille. — Produit brut : 254,000 *fr.*

Tous les bestiaux sur pied . . 0,04   Dépecés. 0,09
Viande salée. 0,10

Octroi de Strasbourg. — Produit brut : 190,000 *fr.*

Bœuf sur pied.	0,0238	Dépecé.	0,05
Vache id	0,0210	—	0,05
Veau et mouton	0,0360	—	0,07
Porc	0,0347	—	0,05

Viande salée et fumée. 0,15

Je regrette que la nature du sujet m'ait entraîné à tant de détails. J'arrive à la seconde cause de perturbation du commerce de la viande, à la dépréciation du cuir et du suif.

6. Mesures à prendre par le Gouvernement. Réflexions sur l'introduction des bestiaux étrangers.

Ici, les mesures à prendre ne regardent plus les villes ; elles concernent le Gouvernement.

La responsabilité qui pèse sur lui est des plus redoutables.

N'a-t-il pas été le premier à signaler la détresse, les souffrances, les mortelles angoisses de l'agriculture ? N'a-t-il pas promis de les soulager, tout en assurant aux classes laborieuses une nourriture saine et abondante ?

Croirait-il avoir rempli ses solennelles promesses par l'établissement des *Sociétés de crédit foncier ?*

Je n'ai point à m'expliquer sur l'avenir réservé à ces sociétés Quel qu'il soit, elles ne sauraient être considérées comme un remède au mal que j'ai indiqué.

Vous procurerez des ressources au propriétaire obéré, pour dégrever *au bout de quarante ans* sa propriété. Mais rendrez-vous par là les procédés de culture plus simples, moins dispendieux? Réduirez-vous le prix de revient des produits agricoles? Déplacerez-vous la limite où le gain cesse, où la perte commence, pour cette foule de petits propriétaires *qui ne doivent rien à personne* qui cultivent eux-mêmes le modeste héritage qu'ils ont reçu de leurs pères, et qui cependant, déclarent que depuis trois ans, l'élève du bétail est pour eux la plus ruineuse de toutes les industries !

Ah ! Qu'on ne s'abuse pas ! Qu'on ne s'aveugle pas !

Toutes les sociétés de crédit foncier du monde ne feront jamais autant de bien à l'agriculture que lui feront de mal des actes tels que la mesure que j'ai signalée page 86, mesure qui, si elle atteignait les proportions que d'égoistes inté-rêts n'ont pas rougi de demander, rendrait en France l'élève du bétail impossible, et transformerait en vastes solitudes les contrées les plus favorisées du Ciel.

Vous voulez assurer à l'humble travailleur une nourriture saine, abondante, fortifiante. Vous voulez lui procurer *la viande à bon marché*. Mais pour cela ne faut-il pas, de toute nécessité, que le producteur trouve un prix rémuné-rateur suffisant dans le renchérissement des produits mul-tiples, autres que la viande qui proviennent de l'abattage, car pouvez-vous espérer qu'il consente plus longtemps à s'immoler au bien des autres ?

Combiner les tarifs de douane, de manière à assurer à ces produits un placement avantageux, encourager, par des primes ou des restitutions de droit, les industries qui les utilisent, accorder la plus grande liberté aux spéculations dont ils sont l'objet, voilà les seuls moyens d'atteindre le but.

D'autres conseils sont donnés au Gouvernement, je le sais, par des écrivains auxquels je ne contesterai pas le mérite d'avoir étudié ce qui se passe chez nos voisins, mais qui, assurément, ne connaissent pas leur propre pays.

Ouvrir toutes nos frontières aux bestiaux étrangers, voilà la grande, la salutaire mesure qu'ils appellent de tous leurs cris.

Certes, pour les plaies de l'agriculture, le remède serait héroïque, car il détruirait la maladie en détruisant le malade.

La question est vaste, elle est immense. Je ne puis m'empêcher cependant d'en dire quelque chose. Pour nos malheureux cultivateurs, cet appel à l'étranger sans cesse répété, est l'épée de Damoclès.

De nombreuses raisons ne nous permettent pas de produire le bétail aux mêmes conditions que les nations continentales qui nous avoisinent. J'en vais indiquer quelquesunes prises au hasard :

1° *Différence dans le chiffre de l'impôt.* Après la Grande-Bretagne, la France est le pays où il est le plus élevé. Dans les Etats Sardes, en Savoie, par exemple, le cultivateur ne supporte pas la moitié des contributions qui pèsent sur le cultivateur français. En Suisse, le joug est à peine senti. Qu'on veuille bien se rappeler que le premier magistrat du canton de Genève, le plus riche de tous les cantons, ne touche que 6,000 fr. de traitement ;

2° *Différence énorme dans l'alimentation.* Dans tous les pays dont nous avons à redouter la concurrence, c'est-à-dire dans les Etats Sardes, en Suisse, dans le grand-duché de Bade, en Bavière, en Prusse, en Hollande, l'alimentation de l'habitant de la campagne est fort inférieure à celle de nos cultivateurs et, par conséquent, beaucoup moins chère. Que les écrivains auxquels je réponds apprennent donc, puisqu'ils l'ignorent, qu'il n'y a que deux nations en Europe, chez lesquelles le froment soit la base de l'alimentation commune : la nation française et la nation anglaise ! L'habitant du grand-duché de Bade vit de pommes de terre mélangées avec un peu de graisse. Celui de la Frise ne se nourrit que de pain de seigle, et quand ce céréal lui manque, il vient le chercher jusque dans nos ports. J'ai visité plusieurs de ces contrées; j'ai assisté au repas de l'ouvrier, du laboureur, du pâtre : je parle de ce que j'ai vu;

3° *Différence non moins grande dans les salaires.* Dans les Etats sardes et en Suisse, ils atteignent à peine le tiers du chiffre auquel ils s'élèvent en Normandie ;

4° *Différence sous le rapport de la répartition du numéraire.* Il est rare dans la plupart des contrées que j'ai nommées. Il est à peine connu dans quelques-unes. Toutes les transactions intérieures du grand-duché de Bade se règlent en papier. Cette rareté ou cette absence de numéraire les place, vis-à-vis de nous, dans une position assez étrange. Elles ne peuvent nous acheter sans perte, elles ne peuvent nous vendre qu'avec avantage. Aussi sont-elles très désireuses de nouer ce dernier genre de relations. L'introduction du bétail étranger serait un excellent moyen de nous débarrasser de l'*excédant de numéraire* qui, suivant quelques économistes, est l'une de nos *plaies sociales;*

5° *Différence dans le mode de répartition de la propriété.* M Moreau de Jonnès l'a dit avec raison : *Pour élever du bétail, il faut de grandes terres; pour avoir des troupeaux, de plus grandes encore.* Le plus illustre des agronomes français modernes, Mathieu de Dombasle, prévoyait l'époque où le morcellement indéfini de la propriété, rendrait impossible en France cette industrie. Qui donc, s'il a conservé un peu de pudeur, osera comparer les frais généraux de nos herbagers ou de nos nourrisseurs, opérant sur des parcelles de plus en plus restreintes, avec ceux du propriétaire Suisse, ayant à sa disposition une montagne toute entière, peuplée de centaines d'animaux, ou bien du fermier de la Frise, laissant ses bœufs errer en toute liberté, dans des herbages dont l'œil n'aperçoit pas plus les limites, que celles de l'atmosphère toujours humide qui les couvre ?

Avec de pareilles différences, le résultat de l'abandon du système protecteur serait facile à prévoir. Cet abandon commencerait par ruiner sans ressource toute cette généreuse population agricole qui garnit nos frontières de l'Est, qui produisit les Joubert et les Klébert, et qui forme la plus valeureuse avant-garde que jamais nation ait pu opposer à l'étranger. Les bœufs suisses et les bœufs sardes auraient promptement expulsé du marché de Lyon, les bœufs de Bresse et du Charolais, supérieurs en qualité, et par conséquent plus chers. Ces derniers, qui ne paraissent plus sur les marchés de la capitale, ou qui n'y paraissent qu'en petit nombre, y afflueraient en masse apportés par les chemins de fer, et y rencontreraient les bœufs du Limousin et de l'Auvergne, que les bœufs sardes auraient repoussés des marchés du Midi, et les bœufs lorrains, que les bœufs de Prusse auraient également éloignés de ceux de Nancy et de Metz. Où les herbagers normands, qui ne peuvent engraisser qu'à des conditions plus onéreuses que tous les autres, trouveraient-ils de la place pour les leurs ?

Sur les marchés de la Grande-Bretagne. La généreuse politique de sir Robert Peel ne les a-t-elle pas ouverts à toutes les nations ?...

Les marchés de la Grande-Bretagne ? Qu'on apprenne donc que, depuis trois ans, les efforts des herbagers normands ont été impuissants et stériles pour y placer leurs produits. Encouragements du conseil général du Calvados, associations, spéculations entreprises par des particuliers parfaitement au fait des habitudes anglaises, tout a échoué. Ce n'est que pendant les mois de juin et de juillet que la lutte est possible, parce qu'elle ne s'établit qu'entre nos produits et ceux de l'agriculture anglaise, encore plus

malheureuse que la nôtre, quoiqu'en disent certains jour-
naux de Londres, dont la hardiesse, en fait d'affirmations,
n'a pas d'égale dans le monde. Mais au mois de juillet,
commencent les arrivages de la Hollande, et alors toute
lutte devient impossible. Or, ce n'est précisément qu'à
cette époque que la Normandie, comme toutes les contrées qui élèvent des bœufs d'herbe, peut se livrer à l'exportation.

Un abaissement énorme dans le prix de la viande au
détail, serait la conséquence immédiate de cette *libre fran-
chise* accordée aux produits de l'agriculture étrangère. La
commission municipale de Paris pourrait, sans inconvénient, augmenter de quelques décimes les droits qu'elle
fait peser sur la viande. Mais, aux jours d'abondance et de
prodigalité, succèderaient promptement les jours de détresse et de famine. Les comptes de l'agriculture française,
une fois épurés et liquidés par la réalisation de toutes ses
ressources, l'agriculture étrangère se trouverait hors d'é-
tat de satisfaire tout à la fois, aux exigences des villes que
dans son état normal elle approvisionne, et aux besoins
des nôtres. Stimulée par ce renchérissement, l'élève du
bétail renaîtrait sans doute parmi nous. Mais il faudrait
au moins quinze ou vingt ans, avant que la production éga-
lât la consommation, car il suffit d'un jour pour détruire
une prairie, mais dix ans au moins sont nécessaires pour
la remettre en pleine valeur.

Il arriverait nécessairement quelque chose de semblable
à ce qui se produisit en France, *si j'en crois la tradition
orale*, à la suite des décrets rendus par cette assemblée
qui eut tant de bonnes pensées, mais qui, malheureusement, sut si rarement les mettre en pratique. On ne pesait
plus la viande, on la livrait par morceaux. Mais après cette
folle dissipation de toutes nos ressources, survint, au bout
de quelques mois, le renchérissement, puis la famine.

Arrêtons-nous ! S'il est vrai que la Providence ait pris à sa charge le gouvernement de la France (1), elle ne permettra jamais qu'un pouvoir, quelles que soient son origine ou sa forme, donne son appui à la croisade sacrilége, que l'étranger est venu prêcher parmi nous, contre l'agriculture nationale.

Je n'ai point à ma disposition nos nombreux tarifs de douane. Je sais tous les droits qu'a notre marine marchande à la sollicitude du gouvernement. Mais quels que soient ces droits, ils doivent céder quand la question devient pour notre agriculture, une question de vie ou de mort.

J'admettrais volontiers une distinction entre d'anciennes relations avec les pays étrangers, dont elle se serait habituée à supporter les conséquences, et de nouvelles à établir.

Ainsi, je comprends que le gouvernement hésite beaucoup à apporter des modifications à celles que nous entretenons avec les rives de la Plata et le Sénégal, les seuls points du globe où notre pavillon ait obtenu la supériorité (2).

Mais, au nom du ciel, quand il s'agit d'en créer de nouvelles, qu'on daigne tenir compte des intérêts de nos cultivateurs.

---

(1) Quoique nouvellement exprimée, cette pensée n'est pas nouvelle.

L'un des plus illustres contemporains de Louis XV, le pape Benoît XIV disait souvent : *Le peuple français doit être le mieux gouverné de la terre, car il n'a pas d'autre gouvernement que la Providence.*

(2) Comme une faible compensation des énormes quantités d'huile de palme que le Sénégal nous envoie, nous lui renvoyons une petite quantité de chandelles préparées avec du suif, qu'on a débarrassé, par la compression, d'une partie de son oléine. Les femmes des indigènes les recherchent, et les emploient à nourrir et à entretenir leur chevelure.

Il ne suffit pas de protéger les produits de la boucherie contre la concurrence étrangère, il faut encore en faciliter l'emploi. Sous ce rapport, la fabrication de la bougie stéarique peut rendre les plus utiles services.

Ce sont ses besoins qui ont contribué, pendant tant d'années, à maintenir les suifs à un prix élevé. Les procédés des chimistes français, MM. Chevreuil et Gay-Lussac, se sont promptement répandus, non-seulement en Europe, mais en Amérique, et néanmoins les bougies de Paris, à raison de leur blancheur, de leur éclat et de leur durée, sont préférées par les nations étrangères, à toutes les autres.

Encourageons-la donc, non pas d'une manière aveugle et dommageable pour tous, comme on l'a proposé, mais d'une manière éclairée et utile, par des restitutions du droit, lorsque les produits qu'elle destine à l'exportation ont été préparés avec des suifs exotiques, par des primes, lorsqu'ils l'ont été avec des suifs indigènes !

7. De la fabrication des bougies stéariques.

J'ai parlé de la liberté des transactions. Les Anglais sont plus avancés que nous, sous ce rapport. Chez eux les mots magiques d'*accapareurs*, *de monopoleurs* qui, dans le midi comme dans le nord de la France, ont la vertu d'ameuter les populations, sont des mots vides de sens. Les marchés aux grains sont fréquentés par tous les négociants, et les courtiers qui leur servent d'intermédiaires ne sont pas, comme chez nous, des espèces de *parias*, qui n'osent avouer leur profession.

8. Liberté à accorder aux transactions sur le suif, le cuir, etc.

Qu'on respecte nos préjugés ! Que nos lois punissent, que nos magistrats poursuivent les *accapareurs* de grains, *quand on en pourra trouver !...* J'y consens volontiers. Mais, de grâce, qu'on ne punisse plus, qu'on ne poursuive plus les accapareurs de *suif* et de *cuir !*

On a vu, page 45, que les marchés d'approvisionne-

11

ment de Paris avaient livré à la consommation, dans une seule année, 180,423 bœufs ou vaches, et 946,528 moutons. Les industries de la capitale ne suffisent pas pour utiliser l'énorme quantité de cuirs, de peaux et de suif, qui provient de l'égorgement de tant d'animaux. Force est donc pour la boucherie, d'écouler une grande partie de ses produits dans les départements. On comprend la pression qu'ils doivent exercer sur tous nos marchés, et l'influence des prix de Paris sur les nôtres.

En 1844 et 1845, le syndicat de la boucherie de Paris, voulant empêcher le prix du cuir et du suif de s'avilir davantage, imagina diverses combinaisons, dont on trouvera le détail dans le premier volume de l'enquête parlementaire, page 240 et suivantes, et dont le résultat devait être de ne livrer à la consommation, qu'une quantité de cuirs et de suifs proportionnée aux besoins, et de garder en réserve l'excédant. Je n'entreprendrai point ici d'apprécier ces combinaisons au point de vue légal. Je connais nos lois pénales; je sais avec quelle facilité on peut envelopper dans leurs réseaux des spéculations de cette nature. Encore moins entreprendrai-je de justifier les étranges moyens, auxquels l'administration municipale de Paris a eu recours, pour tirer le syndicat du mauvais pas où il s'était placé. Mais enfin, envisageant ces combinaisons au point de vue économique, le seul qui doive me préoccuper en ce moment, je soutiens que, la pensée qui les avait inspirées, était une pensée bonne, utile, salutaire, conforme à tous les principes. Je soutiens que, si elles eussent réussi, le syndicat de la boucherie de Paris eût rendu un immense service à l'agriculture, et par conséquent, à la France entière.

L'opinion publique réclame en ce moment, à grands cris, la liberté pour le commerce de la viande. Donnons-la lui, mais aussi étendue qu'aux autres, sauf, bien entendu, la sujétion à certaines règles établies dans l'intérêt de la salubrité. Le résultat que se promettait le syndicat de la boucherie de Paris, ne se produit-il pas tous les jours dans les diverses branches du négoce et de l'industrie, sans que personne s'en émeuve? Les fabricants de glaces ne se sont-ils pas associés pour empêcher la dépréciation de leurs produits? Les maîtres de forge n'arrêtent-ils pas, aux grandes foires de Châlons et de Saint-Dizier, etc., des prix au-dessous desquels il est convenu que personne ne livrera? La haute banque de Paris, d'accord avec le ministre des finances, et même à sa sollicitation, n'a-t-elle pas pris des mesures, pour que l'émission des actions et des obligations de chemins de fer n'eût lieu que par fractions, et de manière à ne pas alourdir le marché? Serait-ce parce que le commerce de la viande n'est exercé que sur une fort petite échelle, par un grand nombre d'hommes obscurs et modestes, qu'il n'aurait droit à aucun égard, ou bien aurions-nous la folle pensée de ne prendre, dans le régime suivi par nos voisins, que ce qui nous conviendrait, et de repousser tout ce qui ne nous conviendrait pas?

Car nous sommes ainsi faits en France. Nous empruntons de temps en temps à d'autres des institutions, des maximes de conduite; nous ne les adoptons toutefois qu'après les avoir mutilées, dénaturées; c'est ce que nous appelons *nous les approprier* : et puis nous nous étonnons de leur stérilité et de leur impuissance.

Il ressort toutefois de l'ensemble des faits que nous venons d'exposer, des enseignements précieux pour les éleveurs. Puisque le cuir et le suif présentent si peu d'avantages, qu'ils s'attachent surtout à la production de la viande! Un kilogramme de viande ne coûte pas plus à produire qu'un kilogramme de suif, et se vend plus cher. Qu'ils fassent porter leurs préférences sur les races qui, naturellement, en offrent une plus grande quantité! Qu'ils

9. Conseils aux éleveurs.

renoncent surtout à l'habitude de ne livrer leurs bœufs à l'engrais, que quand ils sont arrivés à un âge avancé !

Cet usage de n'engraisser que de vieux bœufs, existe surtout dans les pays où l'on se sert de la race bovine pour les labours. Dans une partie du département de l'Ain, le cultivateur qui emploie six paires de bœufs, en engraisse une tous les ans à l'étable, et la remplace par une autre beaucoup plus jeune, qu'il va chercher dans les foires voisines, et qu'il choisit de race charolaise, attendu que cette race a le double avantage d'être propre au travail et propre à l'engrais. Jadis il gagnait jusqu'à 300 fr. sur la paire qu'il vendait, et qui se trouvait, par ce système de rotation, avoir toujours dix, onze et même douze ans quand elle était livrée à la boucherie. Qu'il conserve cet excellent système, mais que désormais, au lieu d'engraisser chaque année deux bœufs, il en engraisse quatre, et qu'il se souvienne qu'en agriculture, comme en industrie, l'habileté consiste aujourd'hui à se contenter de faibles profits, et à les multiplier !

De ce que je viens de dire, cependant, il faudrait se garder de conclure que, dans mon opinion, on puisse généraliser en France l'usage, adopté par les Anglais, de n'élever des bœufs qu'en vue de la viande qu'ils produisent, et de les livrer à la boucherie dès l'âge de trois ans. On se tromperait. Nous sommes dans des conditions fort différentes de celles de nos voisins. La Grande-Bretagne, à raison de sa forme insulaire, du peu d'élévation de son sol, de la constante humidité que les influences océaniques y entretiennent, présente une innombrable quantité de prairies naturelles où l'élève et l'engraissement du bétail sont faciles et peu coûteux. Depuis qu'elle a consenti à être tributaire des autres nations pour un quart à peu près des céréales qu'elle consomme, la production de la viande a dû devenir le but exclusif vers lequel ont convergé tous les efforts de ses agriculteurs.

En France, au contraire, la configuration du sol, les différences d'exposition et de climat, la différence de composition des terres arables ont introduit une grande variété de culture, qui fait notre force et notre prospérité. La nature ne nous a donné qu'un nombre limité de prairies et de pacages, et elle ne les a pas, à beaucoup près, également répartis entre les départements (1). De toutes les industries agricoles, l'élève du gros bétail est, *en elle-même*, la plus coûteuse et la moins productive. Elle ne peut être exercée en grand qu'en vue du labourage, et ne convient qu'aux contrées où la vie est à bon marché, aux contrées montagneuses, telles que l'Auvergne qui, avec sa race rouge dite de *Salers* et sa race *grise*, accroît, chaque année, nos ressources de 180,000 sujets (2). Si la plus grande partie du sol arable de la France n'était cultivée par des bœufs, la viande manquerait bientôt sur tous les points. L'élève des bœufs doit donc avoir deux buts : d'abord les travaux de

---

(1) Sous ce rapport, aucun ne semble avoir été mieux partagé que le Calvados. Comment, en visitant les herbages du pays d'Auge et de la vallée de Corbon, ne pas se rappeler involontairement ces vers de Virgile :

Non liquidi gregibus fontes, non gramina desunt.
Et, quantum longis carpent armenta diebus,
Exiguâ tantum gelidus ros nocte reponet.
                              Georg., lib. II, v. 200-203.

Comment encore n'être pas tenté de croire que c'est pour leurs habitants que la description suivante a été faite :

. . . . Optima torvæ
Forma bovis, cui turpe caput, cui plurima cervix,
Et crurum tenus a mento palearia pendent ;
Tum longo nullus lateri modus : omnia magna :
Pes etiam, et camuris hirtæ sub cornibus aures.
                              Georg., lib. III., v. 51-55.

(2) Voir le t. 1 de l'*Enquête parlementaire*, p. 163.

l'agriculture, et ensuite la production de la viande ; et le
perfectionnement doit consister à abréger le temps qui est
consacré, dans la vie du bœuf, à la première de ces destinations.

Nous ne sommes pas, au reste, les seuls qui nous trou-
vions dans de pareilles conditions. En Europe, je ne vois
guère que la Grande-Bretagne, la Hollande et un ou deux
petits États de l'Allemagne, qui puissent élever la race bovine
uniquement pour en obtenir de la viande. Le vaste empire
de l'Autriche qui contient, dit-on, un sol arable plus étendu
que la France, la Belgique et la Hollande réunies, malgré
ses innombrables pâturages naturels, ne pourrait fournir
à ses habitans la quantité de viande qu'ils consomment, et
qui est fort inférieure à celle que nous consommons, si la
plus grande partie de son sol n'était cultivée par des bœufs.

En présence de ces faits incontestables, me sera-t-il
permis de demander si la distinction établie par le Gouvernement, entre les primes qu'il distribue, est rationnelle?
Au concours de Poissy, on ne s'occupe que de la production de la viande, et les animaux que l'on prime sont, à ce
que l'on m'a assuré, car je n'ai pu en juger par moi-même,
des animaux monstrueux, dignes de rivaliser, par leur
poids, avec les plus beaux spécimen de la Grande-Bretagne, mais que leur conformation rend tout-à-fait impropres au travail. Au concours de Versailles, on ne s'occupe
que des exigences de l'agriculture et, sans tenir compte de
la richesse en viande, on donne la préférence aux animaux
que leurs formes et leurs forces rendent plus aptes et plus
propres au labourage. Je crois connaître l'agriculture du
midi, du nord et du centre de la France. Les auteurs de
cette distinction me pardonneront-ils de les prier de m'indiquer à quelle partie ils destinent les premiers de ces
animaux, et à quelle autre ils destinent les seconds? Sans
doute ils ne manqueront pas de me citer les départements

du Nord et du Pas-de-Calais, où l'on engraisse maintenant des bœufs très jeunes (1), et cette portion de la Seine-Inférieure où, de mon propre aveu, on livre à la boucherie de jeunes génisses. Que, pour ces cas exceptionnels, on délivre des primes exceptionnelles, je le conçois ; mais que l'ensemble des primes soit organisé de manière à les rendre inaccessibles à la masse des éleveurs, voilà ce que je ne puis comprendre. Je ferai observer de plus, que les 10 ou 12,000 bœufs engraissés dans le Nord et le Pas-de-Calais, proviennent de la Franche-Comté. Qu'on se transporte au milieu des éleveurs franc-comtois, et qu'on leur demande si une race impropre au travail pourrait leur convenir !

En relisant mon travail, je m'aperçois que j'ai laissé sans réponse une objection qui a été faite, contre l'influence attribuée par la Commission parlementaire et par moi, aux droits d'octroi sur la viande. Cette omission, il faut que je la répare.

En 1848, a-t-on dit, le Gouvernement provisoire avait supprimé les droits d'octroi sur la viande à Paris, et néanmoins cette denrée, pendant les trois mois qu'a duré la suppression, ne s'y est pas vendue un centime de moins qu'auparavant. J'admets le fait, qui pourrait bien être contesté, mais j'ajoute que ce fait n'a aucune valeur. Le commerce de la boucherie est exploité à Paris, comme nous l'avons vu, par six cents individus affranchis de toute taxe. Il leur a plu de ne pas faire profiter le public de la réduction, et le public n'en a pas profité. Mais en aurait-il été de même, si le commerce y eût été libre, comme à Londres, à Berlin, à Turin ?.. Évidemment non. *L'inefficacité de la réduction* a tenu, avant tout, à l'*état anormal* dans lequel la capitale se trouve placée, puis à son peu de durée.

(1) Voir l'*Enquête sur la boucherie*, t. 1, p. 66.

SECTION QUATRIÈME.

Consommation du poisson à Rouen, depuis 1800 jusqu'à 1851.

J'avais d'abord compris dans le même cadre le poisson et la viande : je les ai séparés.

OBJETS CONSOMMÉS.	QUANTITÉ poids ou mesure servant de base à la taxe.	1800.		1801.			1802.		
		Droits.	Quantités consommées.	Droits.	Quantités consommées.	Population.	Droits.	Quantités consommées.	Population.
Morues	le kilogr.	0.02	»	0.02	280,404 f.	81,166	0.02	336,774 f.	82,323
Poisson frais	la valeur	5.0/0	269,903 f.	5.0/0			5.0/0		
Huitres	le mille	0.10	1,831,380	0.20	1,478,560		0.02	3,175,180	

OBJETS CONSOMMÉS.	QUANTITÉ poids ou mesure servant de base à la taxe.	1803.		1804.			1805.		
		Droits.	Quantités consommées.	Droits.	Quantités consommées.	Population.	Droits.	Quantités consommées.	Population.
Morues	le kilogr.	0.02	»	0.02	306,797 f.	84,464	0.02	310,083 f.	85,830
Poisson frais	la valeur	5.0/0	299,527 f.	5.0/0			5.0/0		
Huitres	le mille	0.20	4,208,100	0.20	5,897,200		0.20	3,141,800	

OBJETS CONSOMMÉS.	QUANTITÉ poids ou mesure servant de base à la taxe.	1806.		1807.			1808.		
		Droits.	Quantités consommées.	Droits.	Quantités consommées.	Population.	Droits.	Quantités consommées.	Population.
Morues et harengs salés	le kilogr.	»	0.024	0.024	64,938	87,000	0.44/5	60,531	87,000
Maquereaux et harengs salés	le baril		0.40	0.40	4,927		0.10	4,363	
Poisson frais	la valeur	5.0/0	478,003 f.	5.0/0	428,360 f.		5.0/0	430,596 f.	
Huitres	le mille	0.20	3,446,365	0.20	3,014,844		0.95	5,587,020	

OBJETS CONSOMMÉS.	QUANTITÉ poids ou mesure servant de base à la taxe.	1809.		1810.			1814.		
		Droits.	Quantités consommées.	Droits.	Quantités consommées.	Population.	Droits.	Quantités consommées.	Population.
Morues	le kilogr.	0.044/5	24,184	0.07	27,715	87,000	0.10	50,235	87,000
Maquereaux et harengs salés	le baril	0.50	7,126	0.40	4,587		7.0/0	8,257	
Poisson frais	la valeur	5.0/0	718,192 f.	5.0/0	656,529 f.		7.0/0	636,198 f.	
Huitres	le mille	0.95	3,507,637	1.08	4,599,566		1.75	3,841,574	

OBJETS CONSOMMÉS.	QUANTITÉ poids ou mesure servant de base à la taxe.	1816.		1818.			1819.		
		Droits.	Quantités consommées.	Droits.	Quantités consommées.	Population.	Droits.	Quantités consommées.	Population.
Morues et harengs salés	le kilogr.	0.10	51,735	0.10	90,141	87,000	0.10	73,034	87,000
Maquereaux et harengs salés	le baril	1.»	7,205	1.90	2,433		1.30	2,341	
Poisson frais	la valeur	7.0/0	635,578 f.	7.0/0	424,303 f.		7.0/0	660,454 f.	
Huitres	le mille	1.25	3,948,751	2.»	2,134,960		2.»	4,280,388	

OBJETS CONSOMMÉS.	QUANTITÉ poids ou mesure de base à la taxe.	1820.			1821.			1822.		
		Droits.	Quantités consommées.	Population.	Droits.	Quantités consommées.	Population.	Droits.	Quantités consommées.	Population.
Morues	le kilogr.	0.10	167,361		0.10	276,043		0.10	85,461	
Maquereaux et harengs salés	le baril.	1.50	3,212	87,000	1.50	3,740	87,600	3. »	1,655	87,600
Poisson frais	la valeur.	7 0/0	730,243 f.		7 0/0	717,766 f.		10 0/0	710,090 f.	
Huîtres	le mille.	2. »	4,129,538		2. »	6,204,418		3. »	4,636,143	

OBJETS CONSOMMÉS.		1823.			1824.			1825.		
		Droits.	Quantités consommées.	Population.	Droits.	Quantités consommées.	Population.	Droits.	Quantités consommées.	Population.
Morues	le kilogr.	0.10	138,572		0.10	149,926		0.10	221,712	
Maquereaux et harengs salés	le baril.	3. »	2,756	86,800	3. »	2,190	88,800	3. »	2,859	89,400
Poisson frais	la valeur.	10 0/0	713,770 f.		10 0/0	702,526 f.		10 0/0	753,191 f.	
Huîtres	le mille.	3. »	5,190,370		2. »	6,565,794		3. »	7,183,180	

OBJETS CONSOMMÉS.		1826.			1827.			1829.		
		Droits.	Quantités consommées.	Population.	Droits.	Quantités consommées.	Population.	Droits.	Quantités consommées.	Population.
Morues	le kilogr.	0.10	311,314		0.10	122,909		0.10	152,404	
Maquereaux et harengs salés	le baril.	3. »	2,406	90,000	3. »	2,478	90,000	3. »	2,357	90,000
Poisson vendu à la criée	la valeur.	10 0/0	618,300 f.		10 0/0	701,161 f.		10 0/0	689,030 f.	
Frais adressé aux particuliers	le kilogr.	0.30			0.30			0.30		
Saumons frais et coquillages.	id.	0.60			0.40	348 k.		0.60	328 k.	
Huîtres	le mille.	3. »	5,845,478		3. »	5,277,193		3. »	5,735,770	

OBJETS CONSOMMÉS.	QUANTITÉ poids ou mesure servant de base à la taxe.	1829.			1830.			1831.		
		Droits.	Quantités consommées.	Population.	Droits.	Quantités consommées.	Population.	Droits.	Quantités consommées.	Population.
Morues	le kilogr.	0.10	201,724		0.10	119,437		0.10	7,030	
Maquereaux et harengs salés	le baril.	3. »	3,030	90,000	3. »	3,030	89,000	3. »	3,314	88,000
Poisson vendu à la criée	la valeur.	10 0/0	667,470 f.		10 0/0	671,468 f.		10 0/0	600,436 f.	
Frais adressé aux particuliers	le kilogr.	0.30	441 k.		0.30	347 k.		0.30	625 k.	
Saumons frais et coquillages	le kilogr.	0.60			0.90			0.90		
Huîtres	le mille.	3. »	5,704,800		3. »	4,780,388		3. »	1,389,632	

OBJETS CONSOMMÉS.		1832.			1833.			1834.		
		Droits.	Quantités consommées.	Population.	Droits.	Quantités consommées.	Population.	Droits.	Quantités consommées.	Population.
Sardines ou saumons salés	le kilogr.	0.10	9,394		0.10	8,639		0.10	2,354	
Maquereaux et harengs salés	le baril.	3. »	2,888	88,800	3. »	3,141	88,800	3. »	2,447	90,400
Poisson vendu à la criée	la valeur.	8 0/0	631,239 f.		8 0/0	699,769 f.		8 0/0	771,738 f.	
Frais adressé aux particuliers	le kilogr.	0.15	457 k.		0.15	692 k.		0.15	403 k.	
Saumons frais et coquillages	id.	0.30			0.30			0.30		
Huîtres	le mille.	1.gr. 3.pet.	4,000,424		1.gr. 3.pet.	5,727,636		1.gr. 3.pet.	5,929,989	

OBJETS CONSOMMÉS.		1835.			1836.			1837.		
		Droits.	Quantités consommées.	Population.	Droits.	Quantités consommées.	Population.	Droits.	Quantités consommées.	Population.
Sardines et saumons salés	le kilogr.	0.10	4,917		0.10	7,319		0.10	9,797	
Maquereaux et harengs salés	le baril.	3. »	2,755	91,700	3. »	3,401	91,700	3. »	3,337	91,800
Poisson vendu à la criée	la valeur.	8 0/0	783,750 f.		8 0/0	796,628 f.		8 0/0	853,638 f.	
Frais adressé aux particuliers	le kilogr.	0.15			0.15			0.15		
Saumons frais et coquillages	id.	0.30	532 k.		0.30	667 k.		0.30	638 k.	
Huîtres	le mille.	1.gr. 3.pet.	5,907,877		1.gr. 3.pet.	5,813,813		1.gr. 3.pet.	5,778,930	

1838. 1839. 1840.

OBJETS CONSOMMÉS.	QUANTITÉ poids ou mesure servant de base à la taxe.	1838. Droits.	1838. Quantités consommées.	1838. Population.	1839. Droits.	1839. Quantités consommées.	1839. Population.	1840. Droits.	1840. Quantités consommées.	1840. Population.
Sardines et saumons salés..	le kilogr.	0.10	5,331		0.10	4,147		0.10	3,230	
Maquereaux et harengs salés.	le baril.	3 »	2,916		3 »	2,407		3 »	2,211	
Poisson { vendu à la criée.	in valeur.	8 0/0	815,081 f.	93,600	8 0/0	835,878 f.	94,000	8 0/0	819,256 f.	96,200
Frais { adressé aux partic.	le kilogr.	0.15			0.15			0.16		
Saumons frais et coquillages.	id.	0.30	313k.		0.30	571k.		0.30	1,243k.	
Huîtres..............	le mille.	1.gr. 3.pet.	5,778,996		1.gr. 3.pet.	6,142,544		1.gr. 3.pet.	4,320,148	

1841. 1842. 1843.

OBJETS CONSOMMÉS.	QUANTITÉ poids ou mesure servant de base à la taxe.	1841. Droits.	1841. Quantités consommées.	1841. Population.	1842. Droits.	1842. Quantités consommées.	1842. Population.	1843. Droits.	1843. Quantités consommées.	1843. Population.
Sardines et saumons salés..	le kilogr.	0.10	11,207		0.10	8,507		0.10	4,036	
Maquereaux et harengs salés.	le baril.	3 »	7,140		3 »	2,320		3 »	2,869	
Poisson { vendu à la criée.	la valeur.	8 0/0	531,510 f.	96,000	8 0/0	903,480 f.	96,639	8 0/0	704,301 f.	97,318
Frais { adressé aux partic.	le kilogr.	0.15			0.15			0.13		
Saumons frais et coquillages.	id.	0.30	788k.		0.30	637k.		0.30	1,070k.	
Huîtres..............	le mille.	1.gr. 3.pet.	4,230,497		1.gr. 3.pet.	3,504,501		1.gr. 3.pet.	5,896,412	

1844. 1845. 1846.

OBJETS CONSOMMÉS.	QUANTITÉ poids ou mesure servant de base à la taxe.	1844. Droits.	1844. Quantités consommées.	1844. Population.	1845. Droits.	1845. Quantités consommées.	1845. Population.	1846. Droits.	1846. Quantités consommées.	1846. Population.
Sardines et saumons salés..	le kilogr.	0.10	7,982		0.10	5,844		0.10	5,097	
Maquereaux et harengs salés.	le baril.	3 »	3,004		3 »	2,498		3 »	3,260	
Poisson { vendu à la criée.	la valeur.	8 0/0	928,789 f.	97,977	8 0/0	961,251 f.	98,056	8 0/0	945,989 f.	95,999
Frais { adressé aux partic.	le kilogr.	0.15			0.15			0.15		
Saumons frais et coquillages.	id.	0.30	1,916k.		0.30	3,475k.		0.30	2,185k.	
Huîtres..............	le mille.	1.gr. 3.pet.	3,156,306		1.gr. 3.pet.	3,440,313		1.gr. 3.pet.	3,330,281	

1847. 1848. 1840.

OBJETS CONSOMMÉS.	QUANTITÉ poids ou mesure servant de base à la taxe.	1847. Droits.	1847. Quantités consommées.	1847. Population.	1848. Droits.	1848. Quantités consommées.	1848. Population.	1840. Droits.	1840. Quantités consommées.	1840. Population.
Sardines et saumons salés..	le kilogr.	0.10	4,227		0.10	7,381		0.10	6,910	
Maquereaux et harengs salés.	le baril.	3 »	2,422		3 »	2,614		3 »	2,211	
Poisson { vendu à la criée.	le valeur.	8 0/0	903,677 f.	99,489	8 0/0	688,610 f.	99,683	8 0/0	719,480 f.	90,837
Frais { adressé aux partic.	le kilogr.	0.15			0.15			0.15		
Saumons frais et coquillages.	id.	0.30	1,074k.		0.30	889k.		0.30	1,449k.	
Huîtres..............	le mille.	3.pet.	4,587,795		1.pet.	3,476,720		3.pet.	5,392,338	

1850. 1851.

OBJETS CONSOMMÉS.	QUANTITÉ poids ou mesure servant de base à la taxe.	1850. Droits.	1850. Quantités consommées.	1850. Population.	1851. Droits.	1851. Quantités consommées.	1851. Population.
Sardines et saumons salés..	le kilogr.	0.10	7,151		0.10	7,709	
Poisson { vendu à la criée.	le valeur.	8 0/0	763,108 f.	100,071	8 0/0	797,279 f.	100,565
Frais { adressé aux partic.	le kilogr.	0.15					
Saumons frais et coquillages.	id.	0.30	1,651k.		0.30	1,338k.	
Huîtres..............	le mille.	1.pet.	6,466,792		3.pet.	6,734,106	

1. Résumé
de l'état de la
consommation
du poisson.
Consommation
du poisson
à Paris.

Il résulte de ces chiffres que, depuis 1800 jusqu'à 1842 et 1845, la consommation du poisson frais, à Rouen, n'a cessé d'augmenter. Dans la première de ces années, nous la trouvons de 260,903 fr. ; dans la seconde de 968,480 fr., et dans la troisième de 945,089 fr. La diminution, qui s'est manifestée depuis, ne peut être attribuée qu'à l'attraction exercée par Paris, au moyen des chemins de fer, sur les produits de tous les ports de mer ; et cependant, le poisson se vend moins cher à Paris qu'à Rouen, et y supporte des droits plus élevés.

On remarquera que l'influence des circonstances calamiteuses, telles que la disette, les troubles politiques, le chômage des manufactures, ne s'est pas moins fait sentir sur la consommation de cette denrée, que sur celle de la viande. Le poisson, frais ou salé, entre dans l'alimentation des classes ouvrières pour un chiffre élevé, et y joue un rôle tout autrement important que dans celle des ouvriers de Paris. Il y a, à Rouen, des milliers d'individus qui n'emploient pas habituellement d'autres moyens pour animaliser leur régime, tandis que les habitants de la capitale consomment tous de la viande. L'état que j'ai donné ne présente pas la totalité des produits de la mer dont ces classes font usage. Les moules, en été, deviennent un de leurs mets favoris, et ce mollusque n'est pas atteint par l'octroi. Les grosses huîtres que l'opulence dédaigne, sont fort recherchées par elles et ont été, avec beaucoup de raison, soumises, en 1832, à un droit moins élevé que les petites. L'administration leur rendra un service signalé, en multipliant les lieux où elles pourront se procurer du poisson frais ou salé, en même temps qu'elle fera le bien de toute la cité, en assurant aux mareyeurs un placement *quotidien* de leurs produits.

La consommation du poisson, par individu, est-elle plus considérable ou moins considérable à Rouen qu'à Paris ?

Il est difficile de répondre à cette question. A Paris, tout est imposé ; à Rouen, tout ne l'est pas. Voici, au surplus, des chiffres qu'on pourra rapprocher de ceux que j'ai donnés.

Suivant Lavoisier (p. 47 de l'ouvrage déjà cité), les 600,000 habitants de Paris consommaient, en 1791, pour 3,000,000 de fr. de marée fraîche, pour 400,000 fr. de harengs frais, pour 1,500,000 fr. de saline, pour 1,200,000 fr. de poisson d'eau douce. Les 1,200,000 fr. de ce dernier poisson étaient représentés par 800,000 carpes, 30,000 brochets, 56,000 anguilles, 30,000 tanches, 6,000 perches et 75,000 écrevisses.

Le million et demi d'habitants, que renferme aujourd'hui Paris, a consommé, en 1850, pour 6,238,575 fr. de marée fraîche, et seulement pour 676,602 fr. de poisson d'eau douce. J'emprunte ces derniers chiffres à un fort bon traité, dans lequel M. Alfred Péron a su résumer, en quelques pages, les faits les plus saillants concernant *les pêcheries françaises, l'élève et la multiplication du poisson* (1).

CONCLUSION.

Ce travail est bien long. Et cependant je n'ai pas dit tout ce que j'aurais voulu dire... De toutes les questions d'intérêt matériel qui s'agitent parmi nous, il n'en est pas de plus importantes que celles que j'ai essayé de traiter, à l'occasion de la consommation de la viande. Si la production du froment a augmenté de plus de moitié en France, de 1811 à 1840 (2), ne nous le dissimulons pas, c'est surtout

(1) L'ouvrage, imprimé par l'auteur lui-même, a paru, en 1851 et 1852, dans la *Revue de Rouen*.

(2) Statistique agricole, p. 186. Lire tout l'article consacré par M. Moreau de Jonnès, à la culture du froment.

au développement qu'a reçu l'élève du bétail qu'on doit l'attribuer. Que l'état de malaise et de souffrance que j'ai dépeint continue, et bientôt nous suivrons une marche rétrograde. Le jour arrivera où, loin de pouvoir alimenter nos voisins avec nos excédents de récolte, nous serons obligés d'aller demander à des plages lointaines, les approvisionnements qu'ils auront bien voulu y laisser.

Sans doute on relèvera dans mon écrit plus d'une erreur. J'ai fait tout ce que j'ai pu pour les éviter. On voudra bien considérer qu'un simple et obscur particulier réduit, comme moi, à ses seules ressources, ne pouvait qu'ébaucher une tâche qui ne saurait être remplie qu'au nom du Gouvernement, et avec les innombrables documents qu'il possède.

J'ai nommé le Gouvernement.

Qu'il ne soit pas surpris, si je lui déclare qu'il s'est privé des plus sages et *des plus indispensables conseils*, en supprimant ces congrès pacifiques où des cultivateurs, partis de tous les points de la France, venaient s'entretenir de leurs communs intérêts, et former des liens d'autant plus précieux, que leur position habituelle les condamne à l'isolement, et à l'ignorance de tout ce qu'il leur importe de savoir.

J'exprimerais aussi, en terminant, le regret d'avoir vu refuser à l'agriculture le droit imprescriptible qu'on a reconnu au commerce et à l'industrie, d'élire elle-même ses représentants, si je n'étais bien sûr que la Société centrale de la Seine-Inférieure qui, pendant tant d'années, a combattu avec la plus louable énergie pour le lui assurer, ne laissera échapper aucune occasion de le revendiquer.

P.-S. — Pendant que cet écrit était sous presse, de nouveaux faits se sont produits. Le prix des animaux vivants s'est un peu relevé, celui du bœuf de première qualité a atteint le taux de 1 fr. le kilogramme. Le suif a été plus recherché, et l'augmentation de sa valeur est venue compenser, pour les bouchers, l'augmentation de leurs déboursés. Le mouton, dont la viande n'entre, comme on l'a vu, dans l'alimentation, que pour un faible chiffre, a renchéri d'une manière très sensible dans la Seine-Inférieure. Les bouchers de Rouen se proposent, dit-on, de rétablir le prix de la viande au détail à 1 fr. 30 cent. le kilogramme. De leur part, ce serait *une grande faute.* Le public, qui n'a point encore absous les bénéfices qu'ils ont faits en 1849 et 1850, se montrerait peu disposé à accueillir une pareille exigence. L'autorité municipale se trouverait forcée d'*aviser.*

Peut-être lui proposerait-on d'accorder à la boucherie foraine la permission, qu'elle sollicite depuis si longtemps, de porter directement la viande à domicile, sans être obligée de la faire figurer préalablement sur le marché; je n'y verrais, pour mon compte, aucun inconvénient. Les habitants de Rouen qui réclameraient ses services, ne seraient pas plus *empoisonnés* que ceux de la banlieue. Sur cette question de salubrité, la science a prononcé un jugement que l'expérience des grandes cités, telles que Londres, a ratifié, et dont il n'est plus possible de relever appel.

Une loi sur le commerce de la viande est préparée en ce moment par le conseil d'Etat. Elle mettra en action les principes de liberté que la commission d'Enquête a proclamés. Mais ne contiendra-t-elle point, à l'égard de Paris,

12

quelqu'une de ces fâcheuses exceptions, qui ont si souvent contrarié et rendu impuissantes les plus salutaires mesures? Forcera-t-elle l'administration municipale de cette grande cité à ramener ses droits d'octroi, d'abattoir, de caisse de Poissy, d'abri, etc., aux sages proportions indiquées par la commission parlementaire? Extirpera-t-elle ces *habitudes fiscales* qui viennent toujours à bout de se faire jour et qui, par exemple, ont rendu *si chère* aux producteurs, l'hospitalité que la ville de Paris a daigné accorder aux viandes destinées à être vendues à la criée (1). Voilà des questions que les amis de l'agriculture française s'adressent avec inquiétude. On a pu juger, par le petit nombre de détails que j'ai eu occasion de fournir, de l'importance de la consommation de la Capitale. On a pu apprécier quelle *influence* cette consommation ne peut manquer d'exercer sur la production. Cinquante-trois départements, assure-t-on, concourent à l'approvisionnement de Paris. Cinquante-trois départements se trouvent donc blessés dans leurs plus précieux intérêts, par l'exagération des taxes qui y pèsent sur la viande. Ajoutez à cela que tous les exemples de Paris sont contagieux, que ses prix finissent, de proche en proche, par influer sur ceux de toute la France. C'est le cas, ou jamais, de rappeler une maxime appliquée autrefois à une tout autre matière. *Une réforme est urgente, indispensable*, mais il faut absolument qu'elle commence *par la tête, par le chef*, pour, de là, s'étendre à *tous les membres*. Si le contraire doit arriver, qu'on ne l'entreprenne pas !..

(1) Voir, sur ce point, les curieux détails recueillis dans le tome 1er de l'Enquête parlementaire.

Extrait du *Précis* de l'Académie des Sciences, Belles-Lettres et Arts de Rouen, année 1851-1852.

TABLE DES MATIÈRES.

SECTION PREMIÈRE.

NOTIONS PRÉLIMINAIRES. — CONSIDÉRATIONS GÉNÉRALES.

SECTION DEUXIÈME.

ÉTAT DE LA CONSOMMATION DE LA VIANDE A ROUEN DEPUIS 1800
JUSQU'A 1851. — ÉTUDES SUR LES CIRCONSTANCES QUI ONT RALENTI
OU ACCÉLÉRÉ SA MARCHE. — RÉSUMÉ DES TABLEAUX PRÉCÉDENTS.

SECTION TROISIÈME.

CONSÉQUENCES PRATIQUES DES FAITS EXPOSÉS. — AVIS AUX
CONSOMMATEURS ET AUX PRODUCTEURS.

SECTION QUATRIÈME.

Consommation du Poisson a Rouen depuis 1800 jusqu'a 1851.

www.ingramcontent.com/pod-product-compliance
Lightning Source LLC
Chambersburg PA
CBHW070909030726
47504CB00005B/1514